왜 5·18 제대로 모르면 안 되나요?

왜 5·18 제대로 모르면 안 되나요?

1판 1쇄 펴냄 2014년 6월 25일
1판 2쇄 펴냄 2018년 3월 14일

지은이 이이리
그린이 유영근
펴낸이 하진석
펴낸곳 참돌어린이

주소 서울시 마포구 독막로3길 51
전화 02 - 518 - 3919
팩스 0505 - 318 - 3919
이메일 book@charmdol.com
신고번호 제313 - 2011 - 157호
신고일자 2011년 5월 30일

ISBN 978-89-97592-58-6 64800

왜 5·18 제대로 모르면 안 되나요?

이이리 지음 · 유영근 그림
정남석(5·18교육자문위원회 위원) 감수

참돌어린이

감수글

여러분은 5·18민주화운동이 무엇인지 알고 있나요? 여러분 중에는 5·18민주화운동이 무엇인지, 어떤 것을 민주화 운동이라 부르는지도 모르는 친구가 많이 있을 거예요. 우리가 이미 민주주의 사회에 살고 있어서 민주주의에 대해 생각해 볼 기회가 적었기 때문이에요.

5·18민주화운동은 1980년 5월 18일부터 27일까지 전남 및 광주 시민들이 계엄령 철폐와 전두환 퇴진 등을 요구하며 벌인 민주화 운동이에요. 많은 사람이 다치고 죽었던 끔찍하고 슬픈 사건이지만, 그만큼 가치 있는 사건이랍니다. 바로 이 5·18민주화운동이 우리나라의 민주주의에 큰 획을 그었기 때문이에요.

민주주의란 국민이 나라의 주인이 되어 국민을 위해 정치가 이루어지는 제도를 뜻해요. 현재 우리는 '국민의, 국민에 의한, 국민을 위한 정치'라는 민주주의 원칙을 따르는 대한민국에 살면서 국민으로서 많은 권리를 누리며 자유롭게 살고 있지요. 하지만 이러한 민주주의는 하루아침에 얻어진 것이 아니랍니다. 많은 사람이 무력으로 정권을 빼앗으려던 나쁜 사람들에 맞서서 오랜 시간동안 민주화 운동을 벌인 끝에 얻어 낸 것이지요.

그런데 요즘 인터넷을 보면 이러한 5·18민주화운동을 왜곡하고 조롱하는 이야기들이 많이 떠돌고 있어요. 5·18민주화운동이 북한군의 부추김으로 일어난 시민폭동이라며 그 가치를 깎아내리기도 하고, 여러 진실을 거짓으로 왜곡시켜 억울하

게 죽어 간 수많은 사람의 희생을
비웃고 있어요. 그분들 덕분에 민주
주의 세상에서 편하게 살 수 있게 된
것인데, 감사하게 생각하지는 못 하고
오히려 욕을 하고 있는 거예요.

　단재 신채호 선생님이 하신 말씀 중에 '역사를 잊은 민족에게 미래는 없다.'란
유명한 말이 있어요. 과거가 없다면 현재도 없고, 미래도 없게 되는 법이지요. 우리
가 우리의 역사를 제대로 알지 못한 채 살아간다면, 우리나라의 정체성은 머지않
아 금방 무너져 버릴 거예요. 그렇기 때문에 우리는 과거의 역사를 올바로 배우고,
잊지 않도록 계속 노력해야 하는 거예요.

　이 책은 5·18민주화운동과 관련하여 우리가 잘못 알고 있거나 잘 알지 못하고
있는 역사적 사실에 대해 잘 설명해 주고 있어요. 이 책을 통해 민주주의 역사에
대해 바로 배우고, 민주화 운동을 위해 목숨을 아끼지 않았던 많은 분의 헌신을 기
억하고 감사할 줄 아는 어린이가 되세요. 그러면 지금보다도 더 정의롭고 나은 세
상 속에서 살아갈 수 있게 될 거예요.

여름을 기다리며
정남석

차례

5·18

5·18민주화운동을 유네스코 세계 기록 유산으로 등재합니다!

5·18민주화운동이 뭐예요?

5·18민주화운동은 우리나라 민주주의 발전에 큰 획을 그은 역사적인 사건이에요. 하지만 국가 기념일로 지정된 지 오랜 시간이 지났음에도 5·18민주화운동이 무엇을 기념하는 날인지조차 모르는 어린이가 많이 있어요. 심지어 왜곡된 이야기들을 진실로 잘못 알고 있는 어린이들도 있고요.

5·18민주화운동은 왜 일어났으며 어떻게 전개되었는지,

'PART 1 - 5·18민주화운동이 뭐예요?'를 보며 함께 알아볼까요?

5·18민주화운동이 뭐예요?

5·18민주화운동

5·18민주화운동은 1980년 5월 18일부터 27일 새벽까지 열흘 동안 광주 시민과 전남 도민이 벌인 민주화 운동이에요.

지금은 우리나라에 민주주의가 많이 자리를 잡았지만, 옛날에는 그렇지 않았어요. 1979년 10월 26일에 오랫동안 독재 정치를 해 온 박정희 대통령이 김재규 중앙정보부장의 총에 맞아 죽은 후, 신군부와 구군부 사이에서 군권을 장악하기 위한 권력 투쟁이 시작되었어요. 그러다가 같은 해 12월 12일에 전두환을 중심으로 한 신군부가 육군 본부와 국방부를 무력으로 점령하는 12·12 쿠데타를 성공하게 되었어요. 쿠데타는 무력을 써서 불법으로 정권을 빼앗는 일이에요. 정권을 빼앗은 신군부는 제멋대로 계엄령을 선포했어요. 계엄령은 대통령 암살이나 천재지변, 전쟁처럼 국가 비상사태 등의 큰일이 발생했을 때 사회 안녕과 질서 유지를 위해서 군대가 국민의 자유와 권리를 일시적으로 제한할 수 있도록 내리는 명령을 말해요.

국민들은 신군부의 만행을 더 이상 참을 수가 없었어요. 그래서 전국에서 시위를 통해 들고 일어났지요. 하지만 전두환을 포함한 신군부 세력은 눈 하나 깜짝하지 않았어요. 정권을 장악하는 데만 혈안이 되어 있었거든요.

이듬해인 1980년에도 국민들의 시위는 계속되었어요. 그러자 1980년 5월 17일, 신군부는 계엄령을 전국으로 확대했어요. 그리고 5월 18일에는 전라도 광주에 계엄군을 보내서 평화 시위를 하는 학생과 시민을 총칼로 마구 해쳤답니다.

계엄군의 무자비한 폭력과 학살에도 광주 시민들은 서로 어깨를 나란히 하고 용감히 계속 싸웠어요. 그러나 훈련 받은 군대를 일반 시민이 이길 수는 없었지요. 5월 27일, 신군부 세력은 대규모 군대를 광주에 보내 민주화 운동을 완전히 진압했어요. 이 과정에서 정말로 많은 시민이 다치고 죽었어요.

그렇게 끝난 5·18민주화운동은 신군부 세력에 의해 한때 북한이 뒤에서 조종한 폭동 또는 불순한 배후 세력에 의해 발생한 내란 등으로 잘못 알려지기도 했어요. 권력을 잡게 된 신군부 세력이 자신들이 한 일을 정당화 시키려고 5·18민주화운동 이후에 온갖 탄압과 방해 공작을 했기 때문이에요.

신군부 세력은 모든 방송과 신문을 철저히 감시하고, 5·18과 관련된 모든 집회를 금지했어요. 또한 진실을 말하는 사람들을 잡아 가두고 고문하기도 했고요. 하지만 그럼에도 불구하고 진실을 알리려는 유가족들과 민주 단체의 노력은 계속되었어요. 매년 5월이면 나라 곳곳에서 지속적인 저항 운동을 하고, 5·18 추모 행사를 계속 했지요. 결국 몇 년 동안 까맣게 가려져 있던 진실은 그것을 밝히려는 많은 사람의 끈질긴 노력에 의해 널리 알려지게 되었어요.

1997년, 정부는 민주화 운동이 일어났던 5월 18일을 국가 기념일로 제정하였어요. 또한 2001년에는 관련 피해자들을 민주화 유공자로 인정하였고, 5·18 묘지를 국립 5·18 민주 묘지로 승격시켜 그 명예를 온전히 회복할 수 있게 했지요.

5·18민주화운동은 수많은 시민과 학생이 신군부 반란 세력에게 용감히 맞서 싸운 의로운 민주 항쟁이에요. 그때 목숨을 바쳐 싸웠던 많은 사람의 희생과 노력 덕분에 우리나라의 민주주의가 이렇게 발전할 수 있게 된 거랍니다.

PART 1

5·18민주화운동이 뭐예요?

5·18민주화운동,
왜 일어났나요?

'독재 정치'하면 제일 먼저 떠오르는 사람은 박정희 대통령이지요? 하지만 우리나라에서 맨 처음 독재 정치를 시작한 사람은 박정희 대통령이 아니랍니다. 대한민국 정부가 시작되면서 우리나라의 첫 대통령이 된 이승만 대통령이 12년 동안 독재 정치를 했었거든요. 그러다가 1960년에 독재를 반대하는 민주주의 운동인 4·19 혁명이 일어나면서 물러나게 되었지요. 이 과정에서도 참 많은 사람이 죽었어요.

그러나 민주주의를 원했던 국민들의 간절한 바람에도 불구하고, 우리나라는 또다시 독재 정치에 시달려야 했어요. 당시 육군 소장이었던 박정희 대통령이 5·16 군사정변을 일으켰기 때문이에요. 박정희 대통령은 군대를 이끌고 주요 정부 기관과 방송국 등을 점령해 쿠데타를 일으키고 최고 권력자가 되었어요. 그리고 대통령

14

이 된 후에는 이승만 대통령처럼 오랫동안 정권을 잡고 싶어 했어요.

하지만 당시의 법에 따르면 대통령은 4년 연임제라고 해서 아무리 오래 하고 싶어도 8년 이상은 할 수가 없었어요. 그러자 박정희 대통령은 통일 주체 국민회의를 통해 대통령을 선출하는 '유신 헌법'을 제정했어요. 이 유신 헌법은 박정희 대통령이 오랫동안 정권을 잡을 수 있도록 해 주는 헌법이었어요. 또한 대통령의 권한을 더욱 막강하게 만들어 독재 정치를 할 수 있게 해 주는 법이었지요. 이 유신 헌법으로 박정희 대통령이 독재하던 시대가 바로 '유신 시대'예요. 모든 권력을 가진 대통령이 모든 법의 효력을 없앨 수도 있고, 죽을 때까지 대통령을 해도 되는 그런 시대였지요. 이렇게 박정희 대통령이 정권을 계속 잡고 있는 사이, 우리나라 민주주의는 더욱 시들고 메말라 갔어요.

국민들은 더는 그냥 보고만 있을 수가 없었어요. 그래서 유신 체제에 맞서서 1979년도에는 많은 사람이 모여 시위를 했어요. 특히 10월 15일부터 10월 20일까지 부산과 마산 등지에서 큰 시위가 일어났는데, 이 시위를 '부마항쟁'이라고 해요.

그런데 이런 어수선한 분위기 속에서 박정희 대통령은 부하였던 중앙정보부장 김재규가 쏜 총탄에 맞아 죽고 말았어요.

독재 정치를 하던 대통령이 갑자기 죽자, 국민들은 기뻤어요. 이

제부터는 우리나라에 제대로 된 민주주의가 꽃피리라 기대했거든요. 그러나 그런 기대는 금세 무너져 버렸어요. 12월 12일, 당시 국군 보안 사령관이었던 전두환이 그를 따르는 무리인 신군부와 함께 쿠데타를 일으켰기 때문이에요. 박정희 대통령이 정권을 잡았을 때처럼 말이지요. 신군부는 박정희 대통령 살해 사건을 조사한다는 핑계로 계엄령을 내렸어요. 그리고 1980년에 접어들면서는 정권을 차지하려는 욕심을 뚜렷이 드러냈어요.

신군부는 민주화를 요구하는 국민들의 뜻을 철저히 무시했어요. 언론을 통제하고, 민주주의를 원하는 많은 사람을 붙잡아 가

두었지요. 국민들의 불만은 극에 달했고, 결국 전국적인 저항 운동으로 커져 전두환 퇴진을 요구하는 시위가 계속됐어요. 국민들은 전두환이 박정희 대통령처럼 군대의 힘으로 민주주의를 짓밟을 거란 걸 잘 알고 있었던 거예요.

대학생들은 5월 13일부터 14일까지 서울, 부산, 대구, 광주 등 37개 대학에서 계엄 철폐를 요구하는 시위를 벌였어요. 그 다음 날인 5월 15일에는 10만 여 명이 서울역 앞에 모여서 계엄 해제를 요구하며 대규모 시위를 벌였고요. 계속된 학생 시위는 서울 시가지를 거의 마비시켰고, 늦은 밤까지 계속되어 신군부 세력을 위협했어요.

그러다가 5월 16일, 24개 대학의 학생 대표가 당분간 상황을 지켜보자며 시위를 멈추었어요. 국민들의 의사가 충분히 전달되었으리란 생각에서였지요. 하지만 신군부는 그 다음 날인 5월 17일, 일부 지역에 내렸던 비상계엄을 전국으로 확대했어요. 그리고 김대중을 포함한 민주 인사들과 학생 시위 주동자들을 체포해 버렸어요. 10·26 사건 이후부터 5·17 비상계엄 전국 확대 조치 전까지, 정치적 과도기였던 이 시기를 사람들은 나중에 '서울의 봄'이라고 불렀답니다.

5·17 비상계엄 전국 확대 조치를 한 후, 대학생의 시위를 두려워한 신군부는 각 대학교에 휴교령을 내리고 대학생들을 학교 안

으로 들어가지 못하게 했어요. 학생에게 학교를 가지 말라니, 정말 말이 안 되는 일이었지요. 그래서 학교에 가려는 대학생들과 계엄군 사이에 충돌이 일어났어요. 학생들은 "비상계엄을 즉각 해제하라!"며 시위를 했고, 계엄군은 곤봉으로 대학생들을 무자비하게 때리며 진압했어요. 이렇게 전남대 앞에서 벌어진 학생들과 군인

들의 첫 충돌로, 5·18민주화운동의 슬픈 역사가 시작되었지요.

학교에서 쫓겨난 학생들은 시내에 모여들어 시위를 계속했어요.
이러한 학생들을 군대는 총칼로 무자비하게 진압했어요. 하지만
진압이 심해질수록 민주주의를 바라는 사람들의 마음은 더욱 간
절해졌답니다.

5·18민주화운동이 뭐예요?

미국이 신군부를
지지해 줬다고요?

민주주의를 바라는 국민들의 저항이 거세지면서 나라 곳곳에서 시위가 계속되자, 신군부는 더는 그대로 놔둬선 안 되겠다고 생각했어요. 그래서 1980년 5월 16일, 당시 우리나라의 육군 참모 총장이었던 이희성은 한미 연합 사령관 존 위컴에게 수도권 질서 유지를 위해 20사단 작전 통제권 이양을 요청했어요. 그러자 연합 사령관 위컴은 '귀하의 요청을 승인한다.'며 받아들였어요.

작전 통제권은 군대를 지휘하고 통제할 수 있는 권한으로, 한 나라 군대의 모든 작전 통제권은 당연히 해당 국가가 가지고 있어야 하지요. 하지만 우리나라 군대의 작전 통제권은 6·25 전쟁 때 이승만 대통령이 맥아더 유엔군 사령관에게 넘겨줬던 이후로 계속 미국이 가지고 있었어요. 그래서 신군부는 한미 연합 사령관에게 작전 통제권을 다시 넘겨주길 요청한 거예요.

신군부는 미국에게 우리나라 군부대 중 20사단을 원래 목적이 아닌 광주 소동을 진압하기 위해 광주로 보내도 되겠느냐며 부대 이동을 요청했어요. 이 요청에 존 위컴은 미국 정부와 협의한 뒤 동의함으로써 작전 통제권을 신군부에게 잠시 넘겨주었지요. 신군부가 광주에서 국민을 해치기로 작정하고 군대를 보내고자 한 일에 미국이 승인하고 지지해 줬던 거예요.

이 일은 〈뉴욕 타임스〉와 〈워싱턴 포스트〉 등 당시 미국 주요 언론이 미국 국방성의 발표를 근거로 보도한 사실이에요. 당시 주한 미군 사령관 위컴과 주한 미국 대사 윌리엄 글라이스틴의 증언

소요 사태 악화에 따라 수도권 질서 유지를 위하여 20사단 작전 통제권 이양을 요청합니다.

과 주장에서도 확인된 바 있고요.

한편 신군부에 작전 통제권을 넘겨준 미국은 5월 22일 오후에 백악관에서 열린 회의를 통해 일본 오키나와에 있는 조기 경보기 2대와 필리핀 수빅만에 정박 중인 코럴시 항공모함을 한국 근해에 출동시키기로 결정했어요. 이 사실에서 우리가 알 수 있는 것이 있어요. 신군부가 광주에서 한참 사람들을 학살하고 있을 때, 미국은 혹시나 북한이 우리나라의 어수선한 틈을 타고 쳐들어올지도 모른다는 생각에 미리 대비를 해 둔 거예요.

5월 23일, 육군 참모 총장은 20사단 작전 통제권에 이어 소요 사태 확대에 대비해 광주 지역의 질서를 유지하기 위해 필요하다며, 33사단 1개 대대의 작전 통제권 이양을 추가로 한미 연합 사령관에게 요청해 즉각 승인을 받았어요. 이러한 사실은 육군 본부의 육군 참고 자료지인 '작전 명령 및 지시의 육본 작상전 제 0-232호'에도 나와 있어요.

미국은 '광주 사태가 더 악화될 경우 북한의 남침이 우려된다.'며 다른 지역의 국민에게 5·18민주화운동을 나쁘게 알려 주어 신군부를 두둔했어요. 더욱 충격적인 것은 1996년 초에 공개된 광주 관련 미국 국무부 외교 전문에 나와 있어요. 이 문서에 따르면 5월 초순에 신군부가 민주화를 요구하는 국민들을 상대로 군대를 동원할 계획을 이미 세웠으며, 미국이 이에 동의했다고 되어 있어요. 즉 1980년 5월 초에 이미 신군부는 군대를 동원해 무력 진압을 계획했었고, 미국 또한 이를 허락했다는 말이에요.

그런데 미국이 신군부를 두둔해 준 것은 이 사건이 처음이 아니었어요. 더 거슬러 올라가면 1979년 12월 12일에 전두환과 노태우 등이 이끌던 신군부 세력이 일으킨 군사 반란 사건인 12·12 쿠데타가 일어났을 때부터 이미 신군부를 지지하는 쪽으로 기울어져 있었답니다.

5·18민주화운동이 뭐예요?

미국은 왜 신군부를
지지해 주었나요?

당시에 전 세계는 초강대국인 미국과 소련의 전쟁터였어요. 이 시기를 냉전 시대라고 하지요. 소련은 공산주의를 내걸고, 미국은 민주주의를 내걸고, 서로가 세계 여러 나라에 영향력을 더 많이 끼치기 위해 애썼답니다. 우리나라에서는 북한은 공산주의로, 남한은 민주주의로 반씩 나뉘어 있어서 소련과 미국이 신경을 많이 쓰는 나라였지요.

미국은 우리나라의 군사, 정치, 경제, 안보에 얽힌 이해관계를 꼼꼼히 따져서 계산했어요. 그리고 대한민국에서는 민주화가 빨리 이루어지기 힘들 것이라고 예측하게 되었지요. 그래서 당시에 이미 권력을 장악하고 있던 전두환과 노태우가 이끄는 신군부 쪽을 지지하고 협조한 거예요.

즉 미국은 냉전 체제 하에서 신군부를 지지하는 쪽이 자국의 이익에 도움이 된다고 판단했던 거예요. 우리나라 국민이 꼭 가져야 할 인권의 가치에 대해선 전혀 중요하게 생각하지 않았던 거지요. 만약에 미국이 우리나라 국민의 인권을 중요하게 여겨서 신군부의 광주 학살 계획에 반대했더라면, 광주에서 많은 사람이 다치고 죽는 비극은 절대로 일어나지 않았을 거예요.

그렇다면 대체 미국은 왜 우리나라의 민주화를 돕는 것보다 신군부를 지지하는 것이 도움이 된다고 판단했던 걸까요?

당시 미국은 카터 대통령이 있던 시절이었어요. 카터 정권은 인권 외교를 내세웠어요. 하지만 인권 외교는 겉으로만 내세운 것이

었을 뿐, 실제로는 자국의 이익과 소련을 견제하는 일을 최우선으로 두었지요. 소련과 얽힐 일이 적은 남미의 독재 국가들 사이에서는 인권을 크게 외쳤던 미국이었지만, 소련과의 영향력 다툼이 치열한 우리나라의 경우에는 생각이 달랐어요.

미국은 우리나라에 대한 그들의 영향력이 하루빨리 안정되기를 바랐어요. 소련이 넘보지 못하도록 말이에요. 그래서 우리나라에서 민주화가 이루어지는 과정 중에 일어나게 될 여러 가지 혼란이 달갑지가 않았던 거예요.

그래서 당시에 우리나라의 권력을 장악하고 있던 전두환이 이끄는 신군부 세력을 택했던 거예요. 그 편을 지지하는 것이 우리나라의 정권이 보다 빨리 안정되겠다 싶은 판단에서였지요. 그렇게 미국은 신군부에 적극적으로 협조해 5·18 광주 학살을 공모하고 방관했어요.

하지만 이것은 미국이 크게 잘못 생각한 일이었어요. 신군부를 지지했던 미국의 외교 정책은 완전히 실패했거든요.

5·18민주화운동은 계엄군에 의해 진압당하는 것으로 끝이 났지만, 그 이후에도 민주화를 바라는 국민들의 시위는 계속되었어요. 그러던 중 국민들은 미국이 신군부에 협조해 그들을 돕고 있었다는 사실을 알게 되었지요.

국민들은 모두 분노했어요. 미국은 항상 우리나라에 많은 도움을 주는 좋은 나라로만 생각했었는데, 국민의 편이 아닌 권력을 잡은 신군부의 편에 서서 그들의 나쁜 행동을 돕고 묵인한 것이 큰 충격으로 다가왔던 거예요.

이 일로 우리나라 곳곳에서는 반미 운동이 크게 일어났어요. 부산과 광주에서는 미국 문화원이 불타는 사건까지 일어났어요. 민주주의나 인권, 국민 개개인 보호보다는 미국의 이익만을 추구하는 미국 제국주의의 잘못을 지적하고 비판하는 여론도 계속되었고요.

5·18민주화운동과 관련하여 옳지 못했던 미국의 선택과 행동에 대한 비난의 움직임은 미국 안에서도 있었어요.

미국 시카고 대학교 교수였던 브루스 커밍스는 2005년에 영국 BBC방송에서 "광주에서의 경험으로 한국인들은 독재로부터의 탈출과 미국의 통제에서 벗어나는 일을 연관 짓게 되었습니다."라고 말했어요. 미국 하버드 대학교 엔칭 연구소 부소장이었던 에드워드 베이커도 '5·18민주화운동은 독재와 미국인에 대한 한국인들의 태도를 바꾼 대한민국 근대사의 전환점'이라고 말했답니다.

5·18민주화운동이 뭐예요?

왜 하필 광주에서
일어났나요?

1980년에 민주주의를 바라는 시위는 광주를 포함한 전국에서 일어났어요. 하지만 신군부는 다른 곳은 내버려 두고 광주에만 군대를 보냈지요. 왜 그랬느냐고요?

12·12 쿠데타로 권력을 잡은 전두환과 신군부는 민주화를 바라는 전 국민의 열망을 잠재우려고 했어요. 그러기 위해서는 민주화 운동 세력과 야당의 세력을 없애야 했지요. 야당이란 정당 정치에서 현재 정권을 잡고 있지 않은 정당을 말해요.

힘을 보여 줄 한 군데를 골라야 했는데 그곳이 바로 광주였어요. 광주는 민주화 운동이 활발하게 전개되어 온 곳이었고, 야당 중에서 국민에게 가장 많은 지지를 받고 있던 김대중의 터전이었거든요.

광주 학살 비극은 어쩌다 생긴 일이 아니에요. 신군부가 특정 지역, 즉 광주 시민들을 적으로 정해 놓고 치밀하게 공격 계획을 세워 작전을 펼친 것이에요. 광주 시민들이 저항하지 않았다고 해도 계엄군의 잔인한 진압은 달라지지 않았을 거예요. 광주 시민들이 저항하지 않으면 쉽게 진압할 수 있을 테니 좋고, 저항하면 폭도로 몰아서 무자비하게 진압하면 그만이었을 테니까요. 어느 쪽이든 광주를 본보기 삼아 전국을 공포 속에 몰아넣고자 계획했던 거예요. 그래야 자신들의 뜻대로 대한민국을 다스리기가 한결 편해 질 테니까요.

하지만 모든 계획이 신군부의 뜻대로 되진 않았어요. 광주 시민과 학생은 끝까지 저항했고, 결국 신군부는 많은 사람을 죽인 죄인이 되었거든요. 이 모든 것이 목숨을 걸고 투쟁하며 민주주의를 바랐던 사람들의 뜨거운 열망이 있었기에 가능했던 일이었답니다.

5·18민주화운동이 뭐예요?

군인들이 왜 시민을
학살했나요?

한 나라의 군대는 외세의 침입이나 분쟁, 전쟁으로부터 자국민을 보호하기 위해 존재하는 거예요. 그런데 우리나라에서는 우리 군대가 우리 국민에게 총을 쏘아 죽이는 일이 실제로 있었답니다. 어떻게 그런 일이 일어날 수 있었냐고요?

5·18민주화운동 당시 광주에 투입된 계엄군은 대한민국 군인이라기보단 전두환의 군대였어요. 쿠데타를 일으켜서 나라를 장악한 전두환과 그를 따르는 군인들로 조직된 신군부였으니 당연히 대한민국 군대라 할 수 없는 거지요. 그들은 폭도이자 살인자일 뿐이었어요. 우리나라에 대해 반란죄, 내란죄를 일으킨 불법 세력이었답니다.

전국에서 시위가 일어나자, 신군부는 본보기를 보여 줄 한 곳을 광주로 정하고 학살 작전을 펼쳤어요. '상무 충정 작전'은 1980

년 5월 27일에 신군부가 광주 시민을 탄압하려고 펼쳤던 작전의 이름이에요. 충정이란 '충성스럽고 참된 정'을 뜻하는 단어로, 보통 나라를 위한다는 이야기를 할 때 많이 쓰이는 단어예요. 그런데 어째서 같은 민족 사람들을 탄압하는 작전에 충정이라는 이름을 붙였을까요? 그들은 자신들의 이득을 위해 같은 민족 사람들을 탄압하는 것이 나라에 충정을 바치는 거라고 믿었나 봐요.

신군부는 광주 시민들이 저항하지 않았어도 죽이거나 다치게 했을 거예요. 왜냐하면 그 모든 것이 신군부가 전국 각지에서 일어나고 있는 시위를 진압하기 위해 무서운 본보기를 보여 줄 생각으로 미리 짜 둔 작전이었기 때문이에요. 그들은 시위에 참가하지 않고 그냥 길을 지나가던 사람이나 집 안에 있던 사람들을 가리지 않고 마구 때리고 잡아갔어요. 그저 광주에 산다는 이유로 말이에요.

처음에는 계엄군도 명령이 있을 때만 사람을 때리고 죽였어요. 하지만 나중에는 이유를 막론하고 수많은 사람을 때리고 죽였답니다. 심심풀이나 화풀이로 사람을 죽이기도 했던 정말 잔인한 군대였지요.

한번은 계엄군과 전교사부대가 서로를 적으로 착각해 총을 쏴서 군인 몇 명이 죽은 일이 있었어요. 같은 편끼리 총을 쏴 댄 것이지요. 그러자 그들은 오인 사격 사건에 대한 화풀이로 아무 죄 없는 주변 마을 사람들을 쏴 죽였어요.

지원동 주남 마을 앞에서는 소형 버스에 총을 마구 쏴 대서 승

객 18명 중 17명이 죽었어요. 죽은 17명 중 2명은 처음에는 크게 다치긴 했어도 죽지는 않은 상태였는데, 계엄군이 마을 뒷산으로 끌고 가선 죽여 버렸어요. 이곳에 묻혀 있던 시신들은 그 후에 동네 주민의 신고로 찾을 수 있었어요.

계엄군의 만행은 그뿐만이 아니에요. 더욱 충격적인 사실은 어른뿐 아니라 여러분 나이 또래의 어린아이들도 마구 죽였다는 거예요. 원제 마을 저수지에서는 수영하며 놀던 소년들에게 재미삼아 총을 쐈다고 해요. 이때 중학교 1학년 방광범 군 등이 머리에 총을 맞고 죽었어요.

나이별로 사망자 통계를 살펴보면 14살 이하의 어린이가 8명이나 되는데, 그중 가장 어린 사망자는 4살밖에 안 되는 남자아이였답니다.

5·18민주화운동이 뭐예요?

얼마나 많은 사람이 죽고 다친 건가요?

1985년 5월, 정부는 5·18민주화운동으로 인한 사망자가 군인과 경찰을 포함해 모두 154명이라고 발표했어요. 이것은 지금까지 정부에서 공식적으로 발표한 사망자 수예요. 그러나 이 발표를 그대로 믿는 사람은 많지 않답니다.

2009년에 광주광역시가 5·18민주화운동 당시에 목숨을 잃거나 다친 사람의 수를 조사한 결과에 따르면, 초기 사망자 수만 해도 163명이나 되었어요. 이 수는 유족이 정부로부터 보상금을 받은 사망자 수예요.

확실하게 신원이 밝혀졌지만 보상금을 받지 못했던 사람들을 포함하면 사망자는 165명 이상으로 늘어난답니다. 거기에 누구인지 확인되지 않아 묘비명도 없이 묻힌 희생자 5명과 다친 뒤 숨진 사람 101명, 30여 년이 넘었지만 여전히 돌아오지 않고 있는 행방

불명자 166명도 사망자로 볼 수 있어요. 부상자가 3,139명에 구속 및 구금, 고문 등 기타 피해자는 1,589명으로, 5·18민주화운동 때의 피해자는 총 5,165명인 것으로 확인됐지요. 하지만 이 집계도 정확한 것은 아니랍니다.

5·18 민주 유공자 유족회와 부상자회, 5·18 기념 재단 등의 단체가 공식 발표한 통계 자료에 따르면 5·18민주화운동으로 인한 사망자는 모두 606명이에요. 이 가운데 165명은 5·18민주화운동 당시에 숨졌고, 65명은 행방불명된 사람, 376명은 다친 뒤 숨진 사람이라고 해요.

1988년 광주 청문회 당시에 계엄군 부대 지휘관들은 광주 시민의 시체를 암매장하지 않았다고 진술했어요. 하지만 진압에 참가했던 계엄군이 5·18민주화운동 당시 무장하지 않은 민간인들을 죽여서 암매장했다고 고백함으로써 사실이 아님이 밝혀지게 되었지요. 안타깝게도 광주 시민들의 시신을 어디에 묻었는지는 아직 밝혀지지 않고 있어요.

광주 시민 가운데는 학살에서 살아남긴 했지만 엄청난 정신적 고통을 겪은 사람도 무척 많아요. 연구진에 따르면 5·18민주화운동 당시의 비극을 직접 겪은 사람들 가운데 아직도 많은 수가 외상 후 스트레스 장애를 앓고 있다고 해요.

연구를 진행한 오수성 전남대 교수의 말에 따르면, 이들은 지금도 당시에 받은 충격을 현실처럼 생생하게 기억하고 있으며 극심한 우울증과 불안 장애, 알코올 중독을 함께 보이고 있다고 해요. 또한 당시의 기억으로 인해 현재까지도 제대로 잠을 자지 못하거나 악몽에 시달리고 있다고도 했어요. 5·18민주화운동 때 계엄군의 만행으로 인한 고통이 산 사람들에게 정신적, 물질적 피해로 고스란히 이어지고 있는 거예요.

2007년에 조사한 바에 따르면, 5·18민주화운동 때 다친 뒤 숨졌다는 376명 가운데 39명이 외상 후 스트레스 장애로 인해 스스로 목숨을 끊은 사람들이었다고 해요. 또한 광주에 사는 피해자들 2,200여 명 가운데 약 70퍼센트가 가난에 시달리고 있고, 그중 기초 생활 보호자도 48퍼센트나 된답니다.

PART 1

5·18민주화운동이 뭐예요?

왜 신문이나 뉴스에 나오지 않았나요?

권력을 잡은 전두환이 이끄는 신군부는 5·18민주화운동의 진실을 감추기 위해 광주에서 벌어진 일을 한마디도 보도하지 못하도록 모든 언론을 통제했어요. 1980년 5월 20일까지 광주의 '광' 자도 신문이나 방송을 통해 흘러나오지 않도록 모든 신문사와 방송국을 옥죄었지요. 그래서 당시에 방송국이나 신문사에는 감시하러 나온 군인들로 넘쳐났어요.

그뿐만이 아니었어요. 5·18민주화운동과 관련된 모든 집회를 금지하는 것은 물론이고, 이와 관련해서 진실을 말하려는 사람들은 모두 잡아다 가두었답니다.

그러다가 5월 21일에 정부는 '광주 유혈 사태'에 대한 사실을 처음으로 발표했어요. 독일의 힌츠 페터 기자를 통해 광주 학살에 대한 영상이 보도된 것도 그렇고, 미국과 캐나다 등 여러 나라의 외신 보도와 국내 여기저기에서 알음알음 퍼지는 소문들을 막기도 어려웠기 때문이었어요.

하지만 그들은 자신들의 만행은 감추어 버린 채, 군인과 경찰을 모두 합쳐 5명이 숨지고 30명이 부상했으나 민간인은 1명만 숨졌다는 터무니없는 내용을 발표했어요.

게다가 이러한 사태가 빚어진 것은 서울에서 시위를 벌이던 학생과 깡패 등 현실에 불만을 품은 세력들이 모두 광주로 내려가 사실과는 다른 유언비어를 퍼뜨렸기 때문이라고 했어요. 그 바람에 광주의 시민들이 흥분해서 폭동을 일으킨 거라고요.

평화 시위를 폭력으로 진압해 놓고서는 거꾸로 군인과 경찰이 피해자인 양 거짓말을 한 것이지요. 참 어처구니없는 일이지요?

하지만 신군부의 횡포에 거의 모든 언론은 겁을 집어먹고 그들이 시키는 대로 거짓 보도를 했어요. 불타는 도로나 부서진 자동차들을 보도 사진으로 넣고, '광주 소요 사태, 시민들 소총으로 무장, 도로 점거' 등 거짓 제목을 붙여서 보도했지요. 광주 시민들을 폭도인 양 몰아붙였고요.

그뿐만이 아니었어요. 신군부에 의해 광주에 투입된 계엄군은 시민들이 민주화 운동을 벌이는 동안 시외 전화는 물론 광주의 시내 전화까지 모두 끊어 버렸어요. 광주 소식이 어떠한 곳에도 새어 나갈 수 없게 하기 위함이었어요. 또한 광주에서 외부로 이어지는 도로를 차단해 버스나 차들이 광주로 들어가거나 나갈 수 없도록 하는 등 광주 시민들이 완전히 고립되도록 만들었어요. 그래서 광주 시민들은 총칼에 쓰러지면서도 어디에도 진실을 알리거나 도움을 청할 수가 없었답니다.

사실 신군부의 언론 탄압이 시작되었던 것은 이때가 처음이 아니었어요. 12·12 쿠데타를 일으킨 이후부터 계속적으로 언론을 탄압해 왔었지요.

신군부는 1980년 3월에 'K-공작 계획'이라는 것을 만들어 언론을 감시하고, 겁주고, 거짓을 보도하도록 조작했어요. K의 숨은 뜻은 KING으로 왕이라는 뜻이에요. 전두환을 왕으로 만들기 위해 언론을 제압하려는 신군부의 음모였지요. 그때부터 이미 그들은 민주화 여론을 잠재우고 신군부의 정치 참여를 정당화하고자 애썼던 거랍니다. 그들은 5·17 비상계엄 전국 확대 조치와 함께 언론, 출판, 보도 및 방송의 사전 검열 조치를 내리면서 보도 검열을 어기면 폐간을 하겠다고 위협하기도 했어요.

이렇듯 신군부의 탄압으로 5·18민주화운동 당시 상황의 진실을 보도할 수 없게 되자, 전남 매일 신문 기자들은 집단 사표를 썼어

요. 사직서에는 이렇게 쓰여 있었어요.

> 우리는 보았다. 사람이 개 끌려가듯 끌려가 죽어가는
> 것을 두 눈으로 똑똑히 보았다. 그러나 신문에는 단 한
> 줄도 싣지 못했다. 이에 우리는 부끄러워 붓을 놓는다.
>
> 1980년 5월 20일, 전남 매일 신문 기자 일동

　　몇몇 양심 있는 언론은 사실을 보도할 수 있도록 신군부 측에 요청했어요. 하지만 신군부는 이를 철저히 무시하고, 5·18민주화 운동이 끝난 뒤에도 계속 언론을 통제했어요. 급기야 1980년 11월에는 여러 언론사들을 없애거나 다른 곳과 합쳐 버렸고, 수많은 언론인을 강제 해직시켜 버렸어요.

　　여러분은 '땡전 뉴스'라는 말을 들어 본 적이 있나요?

　　땡전 뉴스 또는 뚜뚜전 뉴스는 1981년부터 1987년까지 전두환 정권이 방송국에 시킨 공정하지 못한 보도예요. 대통령이 된 전두환이 자신의 활동 기사를 항상 뉴스의 첫 시작으로 보도하도록 한 것을 비꼬는 데서 나온 말이지요. 텔레비전에서 9시 정각에 '땡'하고 뉴스 시작을 알리는 소리가 나온 뒤에는 반드시 첫 소식

으로 "전두환 대통령은 오늘 ……."이라는 아나운서의 멘트가 나왔거든요. '땡'하면 전두환, 그래서 땡전 뉴스였어요. 전두환은 그렇게 철저히 언론을 통제해서 국민이 진실을 알지 못하게 하려고 애썼답니다.

시민자치공동체

계엄군은 무자비하게 시위대를 진압했어요. 차마 눈 뜨고 볼 수 없는 만행을 수없이 저질렀지요. 그러자 참다못한 택시 기사들이 5월 20일에 200여 대의 택시를 몰아 전조등을 켜고 경적을 울리며 차량 시위를 벌였어요. 이 일은 많은 광주 시민에게 큰 용기를 주었고, 시위는 더욱 격렬해졌지요.

다음 날 아침인 1980년 5월 21일, 10만여 명이 넘는 시민이 금남로 일대를 가득 메웠어요. 시간이 흐를수록 그 수는 더욱 많아졌지요. 밤새 계속된 시위대의 저항에 밀려난 계엄군은 도청으로 피해 있었고, 시민들은 도청으로 몰려들었어요.

그런데 오후 1시가 되자, 도청에서 울려 퍼지는 애국가와 함께 계엄군이 시민들을 향해 일제히 총을 쏘기 시작했어요. 도청 앞은 순식간에 피바다가 되었지요.

이때까지만 해도 시위대는 총을 들고 싸울 생각은 결코 없었어요. 하지만 수많은 사람이 죽자, 시민들은 울분을 토하며 무기를 구하기 시작했지요. 시위대 규모는 더욱 커졌고, 계엄군은 어쩔 수 없이 도청에서 물러났어요. 계엄군이 철수한 후인 5월 21일 오후부터 광주는 본격적으로 '무정부 상태'가 되었어요.

경찰이 없는 사회를 상상해 본 적이 있나요? 만약 경찰이 없다면 사회가 혼란스러워지고 도둑 같은 범죄자들도 많아지게 되겠지요. 하지만 광주는 달랐어요. 경찰이 없고 시민들이 총까지 가졌지만, 그 어떤 혼란도 일어나지 않았어요.

광주 시민은 스스로 안정을 찾고자 시민 수습 대책 위원회와 학생 수습 대책 위원회를 만들었어요. 너나 할 것 없이 나서서 흐트러진 거리를 청소했고, 부녀자들은 주먹밥이나 빵, 음식을 만들어 다 같이 나누어 먹었지요. 다친 사람으로 가득 찬 병원에 피가 모자란다는 소식이 알려지자, 많은 광주 시민이 팔을 걷어붙이고 헌혈에 앞장섰고요. 물자가 부족했음에도 사재기하는 일이 없었고, 광주의 상점가, 금융 기관, 백화점에서는 단 한 건의 약탈도 일어나지 않았어요.

광주 시민의 협력으로 광주 여러 행정 기관도 제 노릇을 다했어요. 당시 전라남도 부지사 정시채를 비롯한 여러 공무원들도 전남도청에 정상 출근해 식량을 내놓거나 부상자들 처리를 돕는 등

필요한 행정 업무를 열심히 했지요.
나아가 시민들은 무기를 회수하기
시작했어요. 학생 수습 대책
위원회는 돌아다니며 무기
를 회수했고, 사고가 일어

나지 않도록 순찰을 돌기도 했어요. 계엄군에게 무기를 되돌려 주기도 했고요.

이 모든 일은 누가 시켜서 한 일이 아니에요. 광주 시민 모두가 스스로 했지요. 함께 도우며 살아가는 진정한 자치공동체가 시작되었던 거예요.

이렇듯 광주 시민들은 시위대를 폭도로 몰아붙이던 신군부의 주장을 부끄럽게 할 만큼 스스로 질서를 잘 지켰어요. 정말 대단하지 않나요? 광주 시민이 아름다운 시민자치공동체를 이루었던 십여 일간의 이 기간을 '광주 해방구' 또는 '해방 광주'라고 부른답니다.

한편 외곽 지역으로 물러간 계엄군은 광주를 완전히 포위했어요. 광주와 다른 지역이 통하지 못하도록 철저히 막았지요. 또한 광주 시내와 시외 전화를 모두 끊어서 광주에 있는 사람들이 다른 지역과 연락을 할 수 없도록 막았어요. 광주를 철저히 고립시킨 거예요. 그래놓고는 다른 지역에 '광주는 치안 부재 상태'라 전하며 온갖 안 좋은 유언비어를 퍼뜨렸어요.

이런 최악의 상황 속에서도 광주 시민들은 질서를 잘 지키며 평화 시위를 계속했어요. 전남 도청 앞 분수대에서는 날마다 민주수호 범시민 궐기대회를 열었어요. 민주수호 범시민 궐기대회에서는 사건의 진상과 정황을 알리는 성명서와 투사 회보 등의 유인물이 배포되었고, 누구나 자유롭게 나서서 말하며 앞으로 어떻게 하면 좋을지를 의논했답니다.

하지만 5월 27일 새벽에 계엄군이 25,000여 명의 군인을 동원해 광주 재진입 작전, 즉 상무 충정 작전을 펼쳐 도청에 남아 끝까지 싸우던 많은 시민군을 죽임으로써, 안타깝게도 광주는 계엄군의 손아귀에 들어갔고 시민자치공동체도 끝나고 말았어요.

　하지만 잊지 말아야 할 것이 있어요. 십여 일간의 광주 항쟁 기간 동안 광주 시민들이 보여 준 것은 무정부 상태에서의 혼란이 아닌, 높은 시민 정신과 도덕성이었다는 거예요. 광주 시민들은 누구의 도움도 없이 계엄군에 맞서 싸우고 광주를 해방구로 만들어, 세계사에서 그 유래가 드문 자치공동체를 실현했었답니다.

5·18민주화운동의 마지막 날

1980년 5월 27일 새벽, 광주 도심 곳곳에서는 "계엄군이 쳐들어오고 있습니다. 시민 여러분! 우리를 잊지 말아 주십시오."라는 애절한 목소리가 울려 퍼졌어요. 그리고 얼마 안 있어서 탱크와 장갑차를 앞세운 계엄군 부대가 또 다시 전남 도청을 향해 밀려들어 왔어요.

계엄군이 공격해 올 것을 알아차린 시민군 지도부는 시민들에게 집으로 돌아가기를 권고하였어요. 하지만 광주를 지키고 싶었던 수백 명의 시민들은 그대로 남아 있기로 결심했지요. 새벽 4시쯤 되자, 마침내 계엄군의 공격이 시작되었어요. 곳곳에서 탱크 지나가는 소리, 총 쏘는 소리가 울려 퍼졌어요.

시민군은 도청을 중심으로 시내 곳곳에서 저항했어요. 하지만 가지고 있던 낡은 총으로 계엄군을 상대로 싸우기에는 역부족이었지요. 결국 많은 시민군이 계엄군에게 죽임을 당하고, 다치고, 붙잡혀 갔답니다.

당시 취재를 나왔던 〈뉴욕 타임스〉의 한 외국인 기자는 전남 도청 근처의 캄캄한 여관방에서 겪은 27일의 새벽에 대해 이렇게 증언했어요.

"어둠 속에서 들린 그 지독한 비명 소리, 따-따-따 하는 자동화기 소리. 거기 섞여 자그맣게 들리는, 아이들이 파티에서 터뜨리는 폭죽 소리와 비슷한 따다닥 소리. 나는 이 소리들을 학생들이 카빈총을 쏘는 소리로 간주했다. 카빈총으로 정규군 부대와 맞선다니……. 그리고 간간이 들리는 엄청나게 큰 '쉬웅' 소리. 로켓포를 발사하는 소리였을까, 탱크가 굴러가는 소리였을까?

…… 200미터 거리에 있던 내게는 비명 소리, 고함 소리, 투항을 촉구하는 외침 소리 등 도청에서 나는 온갖 소리들이 들리지 않았던가."

부산 일보 기자의 증언도 있어요.

"27일 오전, 전남 도청 안 마당은 계엄군 병사들이 시민군 시체를 치우느라 한창이었다. …… 도청 정문 안 시멘트 바닥에는 방치돼 있어 시체거니 하고 눈여겨보지도 않았던 사람 6명이 있었다. 전깃줄로 두 팔을 뒤로 돌려 묶고 발목을 이 줄로 함께 묶은 뒤 다시 목까지 칭칭 동여매 두었다. …… 하사관 한 명과 병사 두 명이 나타나 '이 새끼 아직 숨이 붙어 있구나. 까불지 말고 가만히 있어. 죽여 줄 테니까.'라고 말하며 구둣발로 짓이기고 개머리판으로 얼굴을 두들기는데, 금방 피투성이가 돼 얼굴이 푹 꼬꾸라졌다. 그나마 멀쩡한 사람을 짓밟아 죽이려 드는 것이었다.

헬리콥터가 도청 앞 광장에 내려앉았다. 국방장관과 그를 수행한 장군들이 내렸다. 장군들의 얼굴 표정은 개선장군의 바로 그것이었다. 두 팔을 양 허리에 턱 걸친 채 싱긋이 웃으면서 …… 이 자랑스러운 장면을 소리쳐 널리 알리지 못해 안달이 나 못 견디겠다는 표정이었다. …… 더 있어본들 마음만 괴로울 뿐이었다. 시민군들의 시체 치우는 장면이나 포승줄에 묶여 개 끌려가듯이 끌려가는 모습밖에 더 볼 것이 없었다."

하지만 광주 시민들은 이렇게 당할 걸 뻔히 알면서도 도망가지 않았어요. 계엄군에게 도청을 내주면 민주주의가 무너질 거라고 생각한 시민들은 자신들은 결코 폭도가 아니고 민주주의를 지키려는 시민들이란 사실을 온 세상에 알려 주고 싶었던 거예요. 설령 죽게 된다 할지라도 말이지요.

"너희들은 이 모든 과정을 지켜보았다. 이제 너희들은 집으로 돌아가라. 우리들이 지금까지 한 항쟁을 잊지 말고 후세에도 이어 가길 바란다. 오늘 우리는 패배할 것이다. 그러나 내일의 역사는 우리를 승리자로 만들 것이다."

1980년 5월 27일 새벽, 계엄군의 진압 작전을 앞두고 당시 시민군 대변인 윤상원이 어린 학생들을 집으로 돌려보내며 한 말이에요. 5월 27일, 그렇게 계엄군은 광주 시민들을 모두 제압했고, 5·18민주화운동은 막을 내렸답니다.

5·18민주화운동이 뭐예요?

성공한 쿠데타는
벌을 줄 수 없다고요?

5·18민주화운동이 끝났지만, 신군부 세력의 통제로 다른 지역의 사람들은 광주에서 어떤 일이 있었는지 잘 알지 못했어요.

그러다가 1988년이 되어서야 오랫동안 가려져 있던 진실들이 세상에 밝혀지기 시작했어요. 시민들은 날마다 '광주 학살 책임자 처벌'과 '전두환 정권의 비리 조사'를 요구하며 집회와 시위를 벌였어요.

이에 국회는 '5·18민주화운동 진상 조사 특별 위원회'를 구성하고 '광주 청문회'를 열었어요. 청문회를 통해 그동안 국민들이 볼 수 없었던 5·18민주화운동 당시 현장의 모습이 텔레비전 화면을 통해 그대로 생중계되었고, 이를 본 국민들은 경악했지요. 이를 통해 비로소 신군부가 저지른 끔찍한 만행이 전 국민에게 알려지게 되었답니다.

청문회를 본 국민의 분노가 커지자, 전두환과 노태우 정부는 위기를 느꼈어요. 그래서 1988년 11월에 전두환은 사과 성명 발표와 함께 백담사 은둔 생활을 시작했어요. 노태우 대통령도 대국민 특별 담화 발표를 했고요. 하지만 제대로 된 처벌이나 보상, 진실된 사과는 전혀 없이 얼렁뚱땅 넘어갔어요. 노태우 정부는 계속 시간만 끌었고, 결국 광주 청문회는 분명한 해결을 내지 못한 채 흐지부지 끝나 버렸지요.

정부가 이렇게 책임자 처벌을 똑바로 하지 않자, 화가 난 학생과 지식인들은 거세게 항의했어요. 또한 학살 책임자를 고소·고발하기 위한 운동을 활발히 펼쳤어요.

1994년 3월, 국민들은 '5·18 진상 규명과 광주 항쟁 정신 계승 국민 위원회'를 결성했어요. 그리고 책임자 고소·고발 사업, 광주 문제 해결을 위한 특별법 제정 촉구 등을 목적으로 활발한 활동을 시작했지요. 단체에서는 1994년 7월에 전두환, 노태우 등 학살 책임자 35명을 서울 지방 검찰청에 고소 및 고발했어요. 하지만 약 1년 뒤, 검찰은 '성공한 쿠데타는 처벌할 수 없다.'는 논리를 펼쳤어요. 그리고 내란죄나 반란죄 여부를 따지지 않고 전두환과 노태우에 대해서는 '공소권 없음'을, 나머지에게는 '무혐의'로 결론을 내렸어요.

　　황당한 결과에 시민 사회 운동 단체와 학생 운동 단체 등 많은 사람이 집회와 시위를 벌였고, 헌법 소원을 제출했어요. 이에 1995년 12월 헌법재판소에서는 '성공한 쿠데타도 처벌할 수 있다.'고 판결했지요. 그래서 검찰은 특별 수사부를 설치해 재수사에 나섰어요.

　　책임자 처벌 운동은 더욱 격화되었고, '5·18 학살자 처벌 특별법 제정 범국민 비상 대책 위원회'도 결성되었어요. 이들은 집회와 시위, 농성을 하며 책임자 처벌을 끈질기게 요구했어요.

　　마침내 12월 19일, 국회에서는 '5·18민주화운동 등에 관한 특별법'과 '헌정 질서 파괴 범죄의 공소시효 등에 관한 특별법'이 제정되었어요.

이 두 가지 특별법은 전두환과 신군부가 저지른 12·12 쿠데타와 5·18 광주 학살 범죄에 대한 공소시효를 정지시키는 법이에요. 공소시효는 어떤 죄를 재판을 통해 처벌할 수 있는 일정 기간을 뜻하는 말이에요.

검찰은 5·18 특별법으로 5·18 학살 사건 공소시효가 만료되기 하루 전인 1996년 1월 23일에 전두환, 노태우 등 신군부 인사들을 전격 기소했어요. 이로써 전두환과 노태우를 비롯한 신군부 세력을 법으로 처벌할 수 있게 되었어요. 많은 이의 고된 노력 끝에 얻은 결과랍니다.

5·18민주화운동이 뭐예요?

국민이 투표해서 뽑은 대통령이 아니라고요?

전두환과 노태우가 이끌었던 신군부 세력은 12·12 군사 쿠데타를 일으켜 당시 대통령이었던 최규하 대통령의 승인도 없이 군 사령관 등을 체포하고 군부의 실권을 장악했어요. 또한 정권 장악을 위해 5·17 쿠데타를 일으킴으로써 비상계엄을 전국적으로 확대했고요. 뿐만아니라 5·18민주화운동 때는 광주의 많은 시민을 학살하고 탄압했지요.

옳지 못한 방법으로 정권을 장악한 자들을 정부가 처벌하지 않자, 국민들은 화가 많이 났어요. 그래서 전국 각지에서 시위와 집회를 계속했지요.

하지만 전두환은 전혀 아랑곳하지 않았어요. 나라의 최고 책임자로는 최규하 대통령이 있었지만, 이미 권력은 전두환이 주도하는 신군부가 가지고 있었거든요. 그러다가 신군부의 끊임없는 압

력과 협박 끝에 최규하 대통령이 스스로 대통령직을 그만 둠으로써, 드디어 전두환의 시대가 본격적으로 시작되었어요. 1980년 8월 27일, 전두환은 장충 체육관에서 열린 통일 주체 국민회의에서 대통령 후보로 혼자 출마해서 대통령에 당선되었답니다.

통일 주체 국민회의는 박정희 대통령이 만든 기관이에요. 처음 만든 목적은 우리나라가 평화적인 통일을 이뤄 낼 수 있도록 추진하는 일을 담당하기 위해서였어요. 그러나 실제로는 국민의 투표권을 빼앗기 위한 수법으로 이용되었지요. 이곳에서는 국민이 뽑

은 30세 이상의 대의원 2,000명에서 5,000명이 국민을 대신해 대통령을 뽑았는데, 의장은 대통령이 맡았어요.

국민이 대통령을 직접 뽑는 것이 아니라 이 기관의 의원들이 대신 투표하여 대통령을 뽑는 거예요. 그래서 국민들은 박정희 대통령을 체육관 대통령이라며 비아냥거리기도 했지요.

그런데 전두환도 박정희 대통령이 했던 방법 그대로 이 기관 의원들의 투표로 대통령이 된 거예요. 이로써 억압 통치 시대인 제5공화국이 시작되었지요.

대통령이 된 전두환은 자신의 정권에 반대하거나 민주화 세력을 지지하는 사람들 혹은 옳은 소리를 하는 사람들을 모두 처벌하고, 억압하고, 붙잡아 가두어 버렸어요. 또한 온갖 비리를 저질러 나라의 많은 세금 등을 훔친 후 자기 재산으로 만들었고요.

그러다가 임기 말기인 1987년, 국민의 민주화 요구가 거세지면서 1987년 6월에 민주 항쟁이 일어나게 되었어요. 나라 곳곳에서는 '군부 독재 타도'와 '대통령 직선제 쟁취'를 위한 국민들의 외침이 계속되었지요. 위기를 느낀 전두환을 비롯한 신군부 집권자들은 대통령 후보자인 노태우를 시켜서 6·29 민주화 선언을 통해 대통령 직선제를 약속하게 했어요. 그리고 정권을 노태우에게 물려주었어요.

전두환에 이어 대통령이 된 노태우는 5·18 학살 책임자 처벌과

제5공화국 비리 청산을 요구하는 국민들의 계속된 시위에 두 손을 들고 말았어요. 그래서 대국민 특별 담화 발표를 통해 부랴부랴 사과를 했지요.

그러자 1988년 11월 23일, 전두환도 사과 성명 발표를 통해 국민에게 사죄하고 재산을 헌납하기로 발표했어요. 그리고 백담사로 들어가 2년 1개월 간의 은둔 생활을 시작했답니다.

5·18민주화운동이 뭐예요?

신군부는 어떤 처벌을 받았나요?

김영삼 정부가 들어선 뒤에 5·18 특별법이 제정되면서 전두환과 노태우를 비롯한 몇몇 신군부 세력들은 재판을 받았어요. 1996년 8월 26일에 열린 5·18민주화운동과 12·12 군사 쿠데타 선고 공판 1심에서 전두환은 내란죄 및 반란죄 수괴 혐의 등으로 사형을, 노태우는 징역 22년 6개월을 선고받았어요. 하지만 전두환과 노태우는 항소를 했어요. 항소란 재판 결과에 불복하고 재판을 다시 해달라고 요청하는 것이지요. 항소심에서 전두환은 무기 징역을, 노태우는 징역 17년을 선고받았답니다.

전두환 : 무기 징역(반란 및 내란 수괴, 내란 목적 살인 및 상관 살해 미수 등)

노태우 : 징역 17년(반란 및 내란 중요 임무 종사와 상관 살해 미수 등)

황영시, 허화평, 이학봉 : 징역 8년

정호영, 이희성, 주영복, 허삼수 : 징역 7년

최세창 : 징역 6년

차규헌 : 징역 5년

장세동, 신윤희, 박종규 : 징역 3년 6개월

박준병 : 무죄

당시 대법원의 최종 판결이에요. 여기에 더해 대기업에서 거액의 비자금을 받은 뇌물 수수죄로 전두환은 추징금 2,205억 원을, 노태우는 2,628억 9,600만 원을 선고받았어요.

사실 이들이 받은 뇌물은 추징금보다 훨씬 많아요. 전두환은 9,000여억 원, 노태우는 5,000여억 원이나 받았어요. 그랬던 것을 대통령 임기가 길었던 전두환은 7,000여억 원쯤 이미 쓴 셈 치고 봐주고, 대통령 임기가 전두환보다 짧았던 노태우는 한 2,500여억 원쯤 썼다고 봐주고서 나머지를 추징금으로 정한 거예요.

그후 무기 징역과 장기 징역을 선고받았던 전두환과 노태우는 1997년 12월에 김영삼 대통령의 특별 사면을 받고 풀려났어요. 노태우는 추징금 확정판결이 난 지 16년 만인 2013년에 추징금을 다 냈어요. 하지만 이런 노태우와는 달리, 전두환은 여전히 추징금을 다 내지 않은 채 살고 있어요. 한때 전 재산이 29만 원뿐이

라고 말해서 국민들에게 비웃음을 사기도 했지요. 수천억 원을 뇌물로 받았던 사람이 29만 원밖에 없다고 하니 얼마나 터무니없는 소리처럼 들렸겠어요.

최근에 와서야 전두환 대신 그의 아들이 국민에게 사과하고 추징금을 완납하겠다고 밝혔답니다.

한편 오랜 시간동안 폭도라는 누명을 쓴 채 살았던 광주 시민들은 끈질긴 노력 끝에 국가로부터 보상을 받고 명예를 회복했어요. 1997년, 정부는 5월 18일을 5·18민주화운동 기념일로 제정했고, 이때 죽거나 다치거나 사라진 사람에게 총 2,297억 3,200만 원을 보상했어요.

또한 5·18민주화운동에 대한 재평가가 이루어지게 되면서 정부는 광주광역시 북구 운정동에 5·18 민주 묘지를 만들었어요. 운정동에 새로운 묘지가 생기기 전에는 5·18민주화운동 때 희생된 주검은 망월동 묘지에 묻혀 있었어요. 망월동 묘지는 '민주 성지'로 세계에서 인정을 받은 곳으로, 신군부 세력이 무덤을 파내는 등 묘지를 통째로 없애려 했던 곳이지요.

1997년에 새로운 5·18 민주 묘지가 완성되자, 망월동 묘지에 묻혀 있던 영령들은 새 묘지로 이장되어 비로소 편안히 잠들게 되었어요. 신묘역이라고도 불리는 5·18 민주 묘지는 법에 따라 국립 묘지가 되었지요. 이전 묘지였던 망월동 묘지는 당시의 참상을 잘 기억할 수 있는 민주 성지로서 그대로 보존하고 있고요.

광주 시민들은 돈과 명예로 보상받았어요. 하지만 생명의 가치는 그런 것으로 다 보상받을 수는 없지요. 돈과 명예는 희생된 사람과 남겨진 사람을 위한 최소한의 위로일 뿐이랍니다.

우리가 오해하고 있다고요?

많은 사람의 희생으로 얻을 수 있었던 우리나라의 민주주의!
그런데 민주주의의 발판이 되어 준 5·18민주화운동을 누군가는 그
가치를 왜곡하고 깎아내리려 하고 있어요. 도대체 왜 그러는 걸까요?
5·18민주화운동의 진실은 무엇인지,
'**PART 2 - 우리가 오해하고 있다고요?**'를 보며 함께 알아볼까요?

우리가 오해하고 있다고요?

5·18민주화운동이 폭동이라고요?

아니에요. 5·18민주화운동은 분명한 민주화 운동이에요.

이름에 이미 나와 있지요? 민주화 운동이라고요. 역사적 사건의 명칭은 아무렇게나 지을 수 있는 것이 아니에요. 철저한 조사와 검증을 거쳐서 대다수가 인정해야만 그 명칭을 쓸 수 있지요. 5·18민주화운동은 그런 검증 과정을 모두 거친 끝에 붙여지게 된 명칭이에요.

5·18민주화운동은 수많은 광주 시민이 신군부의 5·17 쿠데타에 맞서다가 과격 진압에 의해 희생되었다는 감출 수 없는 역사적인 진실이 있어요. 그렇기 때문에 보수 세력도 정치적 입장을 떠나서 5·18민주화운동을 인정하고 기념하고 있는 거지요. 그런데도 일부 사람들은 여전히 신군부의 왜곡된 보도에 속아 함부로

말하고 있는 거예요.

민주화 운동과 폭동을 구분 짓는 가장 중요한 기준은 그 일이 민주주의를 위해 벌인 일인가 하는 점이에요.

광주 시민들이 원했던 것은 전두환이 물러나는 것, 계엄령 철폐, 휴교령 철폐, 김대중 석방과 같은 것들이었어요. 민주주의를 무시하고 멋대로 정권을 빼앗은 전두환을 물러가라고 했고, 전두환이 국민을 꼼짝 못 하게 하려고 내린 계엄령을 없애라고 했어요. 또한 학생들을 학교에 가지 못하게 한 휴교령을 없애라고 했고, 당시 독재자의 적이자 민주 인사였던 김대중을 석방하라고 요구했지요. 전부 민주주의를 바라는 외침뿐이었지요?

그렇다면 5·18민주화운동을 폭동이라고 잘못 불렀던 일은 어쩌다가 시작된 걸까요? 그건 신군부가 광주에서 벌인 끔찍한 일을 감추고, 사실을 왜곡하려고 퍼뜨린 소문 때문이었어요. 새빨간 거짓말이었지요. 하지만 당시 언론은 진실을 알고서도 침묵했어요. 신군부가 군인들을 방송국이나 신문사에 보내서 철저히 감시하고 통제했기 때문이에요. 진실을 알리지 못하도록 말이에요.

정말로 폭동을 일으킨 자들은 따로 있어요. 누구냐고요? 바로 전두환과 노태우가 이끈 신군부예요. 군대를 이끌고 폭동을 일으켜 정권을 잡았으니까요. 그들은 국민이 원하지 않는 일을 저질러서 사회를 무척 어지럽게 만들었어요. 그 결과는 어떻게 되었는지 알고 있지요?

1996년, 대법원은 전두환에게 내란죄 및 반란죄로 무기 징역에 추징금 2,205억 원을, 노태우에게 징역 17년에 추징금 2,628억 원을 선고했어요. 나머지 신군부 인사들도 처벌받았고요.

내란죄는 정부를 뒤집어엎으려 하거나, 국토의 한 지역을 함부로 차지하여 독립을 꾀하거나, 헌법을 어지럽히는 폭동을 일으켰을 때 받게 되는 죄예요. 어때요, 내란죄를 저지른 죄인이니 폭도가 맞지요?

이렇듯 폭도는 전두환과 노태우가 이끈 신군부였어요. 그런데도 신군부는 광주 시민들을 수없이 죽이고서는 그 죄를 도리어 광주 시민들에게 뒤집어 씌웠던 거예요.

어떤 사람들은 당시에 광주 시민들이 무장하고 맞서 싸웠으니 폭도가 맞지 않느냐고 묻기도 해요. 그렇다면 일제 강점기에 일본군에 맞서 무장하고 싸운 우리나라의 독립군들도 폭도가 되는 건가요? 당연히 아니지요. 그 이유는 무엇일까요? 일본이 우리나라 정부가 아니기 때문이에요. 우리나라를 불법으로 빼앗았기 때문이에요.

전두환과 신군부도 마찬가지예요. 그들은 우리나라 정부도, 우리나라 군대도 아니었어요. 그런 자들에게 용감히 맞서 싸운 사람들을 어찌 폭도라고 할 수 있겠어요.

　어떤 사람들은 광주 시민들이 방송국에 불을 질렀으니까 폭도가 맞지 않느냐고 묻기도 해요. 과연 그럴까요?

　처음에 광주 시민들은 평화 시위를 벌였어요. 그러나 이를 제압하러 나타난 계엄군은 사람들을 마구 때리고 총을 쏴 죽이기까지 했어요. 시민들의 주검은 계속 늘어갔지만, 그 누구도 도와주지 않았어요. 그래서 시민들은 파출소에서 총을 빼앗아 계엄군에 맞서 싸운 거예요. 군인들에게 계속 당하지 않으려면 스스로 목숨을 지켜야 했으니까요. 총 든 군인을 상대로 맨손으로 싸워 봐야 어떻게 목숨을 지킬 수가 있겠어요.

하지만 이렇게 사람이 마구 죽어 나가는 데도 방송국은 조용했어요. 뉴스에서도 5·18민주화운동의 진실에 관해서는 단 한 줄도 나오지 않았지요. 오히려 신군부가 시키는 대로 광주 시민들을 폭도로 몰아갔어요. 그래서 광주 시민들은 분노해 방송국에 불을 질렀던 거예요. 광주의 끔찍한 상황에 대해서 진실을 유일하게 알릴 수 있는 곳이 방송국이었는데, 신군부에게 휘둘려서는 폭도니 난동이니 간첩이니 하면서 말도 안 되는 방송만을 일방적으로 계속하니깐 너무 억울하고 화가 났던 거지요.

　　그렇다고 광주 시민들이 자신들의 기분에 따라 무질서와 혼란 속에서 생활을 했던 건 절대 아니에요. 5·18민주화운동 기간 중에 광주 시민들은 불안과 두려움 속에서도 높은 시민 의식과 공동체 정신을 보여 주었어요. 이 기간 중에 광주 시내의 상점가, 금융 기관, 백화점 등에서는 단 한 건의 약탈도 일어나지 않았어요. 또한 시민 자치제를 만들어서 스스로 질서를 잘 유지했어요. 폭도가 되지 않기 위해 스스로 무기를 회수하기도 했고요.

　　하지만 그 뒤로도 오랫동안 5·18민주화운동은 신군부와 언론이 퍼뜨린 거짓말대로 '광주 소요 사태', '광주 사태', '폭동' 등으로 알려졌어요. 그것도 모자라 북한이 뒤에서 조종한 폭동이라고까지 잘못 알려졌지요. 나중에야 진실이 밝혀져 다행이긴 하지만, 이때에 죽고 다친 수많은 광주 시민은 얼마나 황당하고 억울했을까요?

　우리나라의 헌법재판소, 대법원, 정부, 국회 등 국가 기관은 철저한 조사와 재판을 거쳐 5월 18일에서부터 27일까지 광주에서 일어났던 민주화 시위를 민주화 운동으로 인정했어요. 그러니 5·18민주화운동이 폭동이 아닌, 범국가적으로 기념하는 민주화 운동이란 사실은 두말할 필요가 없는 진실이랍니다.

우리가 오해하고 있다고요?

정말로 북한군이 개입했나요?

아니에요. 북한군의 개입은 절대로 불가능한 일이에요.

어떤 이들은 5·18민주화운동을 북한군이 조종했다고 주장해요. 심지어 북한군 600여 명이 광주까지 몰래 내려와 일을 꾸미고 시민들을 죽였다고도 하고요. 그러고는 근거를 말하라고 하면 '어디서 들었다.' 또는 '누가 그러더라.' 하는 거예요. 하지만 이런 터무니없는 주장을 하는 사람 가운데 그 당시에 광주에 실제로 있었던 사람은 아무도 없어요.

당시 광주에는 5·18민주화운동을 직접 겪은 수십만 명의 광주 시민들, 수만 명의 계엄군, 수백 명의 기자가 있었어요. 이들은 5·18민주화운동을 직접 보고 겪은 사람들이에요. 모든 것이 공개적으로 일어났고, 공개적으로 취재된 사건인 만큼 목격자가 많았어요. 하지만 그곳에 있었던 어느 누구도 북한군이 개입해 있다는 생각을 하지 않았답니다. 기자들 가운데 단 한 사람도 북한군을 보거나 그런 낌새를 느낀 사람도 없었고요. 당연히 북한군이 개입해 있다는 기사를 낸 기자도 없었지요.

직접 겪은 사람들은 아무도 북한군 얘기를 안 하는데, 잘못된 보도와 소문을 통해 이야기를 들은 몇몇 사람들이 북한군이 광주에 침투했다고 말하고 있는 거예요.

하지만 5·18민주화운동 때 북한은 아무런 움직임이 없었어요. 당시 한미 연합 사령부와 육군 정보 참모부가 분석한 결과에 따르면, 북한군은 북한에 그대로 있었어요.

주한 미군 사령관으로 우리나라에 있었던 존 위컴도 북한의 개입설은 전혀 근거가 없으며, 전두환이 대통령이 되려고 만든 구실이라고 본국에 보고했대요. 그 당시에 북한이 남한을 침략할지도 모른다는 정보를 우리에게 주었던 걸로 알려진 일본도 "그런 말을 한 적도, 그런 정보도 없었다."라고 말했고요. 결국 정권을 얻은 신군부가 자신들을 정당화하기 위해 조작했다는 것이 드러나게 된 셈이지요.

당시에 5·18민주화운동을 진압했던 계엄군은 시민 수천 명을 붙잡아서 북한군이 시위에 끼어들었는지 철저히 조사했어요. 자신들의 무력 진압을 정당화하기 위해서 북한과 조금이라도 연관 있는 사람을 가려내려고 말이에요. 하지만 이 조사에서도 간첩이나 북한과 연관 있는 사람은 단 한 명도 찾을 수가 없었어요. 그때의 계엄군 장교 가운데 북한군을 발견했다는 보고를 한 사람은 단 한 명도 없었답니다.

5·18민주화운동 당시에는 북한군이 광주에 들어가려고 해도 들어갈 수 없는 상황이었어요. 전국에 내려진 계엄령으로 해안과 항만이 철저히 봉쇄되어 있었거든요. 특히나 광주는 신군부가 다른 지역들과 연락을 못하도록 지키고 있었던 곳이었지요. 모든 해양 경찰이 해안을 철저히 지켰고, 계엄군은 광주로 통하는 모든 길을 지켰어요. 전라남도와 광주를 포위하듯 둘러싸고 있었지요. 이렇게 군대가 광주를 철통같이 지키고 있는데, 600명이나 되는 많은 북한군이 어떻게 침투할 수가 있었겠어요.

또한 광주에서 얼마 떨어지지 않은 전라북도 군산에는 주한 미군 공군 베이스 캠프가 있었고, 광주 시내 송정동에도 미군이 주둔해 있었어요. 만약에 북한군이 쳐들어왔다면 주한 미군 사령부나 미국 정부가 몰랐을 리도 없고, 그냥 보고만 있었을 리도 없었을 거예요.

게다가 그 당시에는 북한군이 광주에 갈 만한 이유도 전혀 없었어요. 지금은 광주가 광역시지만, 당시의 광주는 서울에서 멀리 떨어진 전라남도의 작은 시였을 뿐이었거든요. 북한군이 광주에 와

도 달리 얻을 게 없었고, 대한민국 정부에 커다란 해를 입힐 만한
것도 없었지요. 특수 부대를 보내서 일을 꾸미려면 정부 기관이
몰려 있는 서울로 보내지, 굳이 변방에 있는 작은 도시로 보내지
는 않았을 거예요.

　어떤 사람들은 북한이 5·18민주화운동을 기념한다는 점을 들
어 북한군 개입을 주장하기도 해요. 하지만 북한은 5·18민주화
운동뿐만 아니라 4·19 혁명(1960년 4월 19일에 부정 선거 무효와
재선거를 주장하며 학생들이 중심이 되어 일으킨 혁명), 6·3 항쟁

(1964년 6월 3일에 박정희 정권의 한일협상에 반대하여 일어난 운동), 부마항쟁(1979년 10월 16일에 부산과 마산에서 일어난 박정희 대통령의 유신 체제에 반대한 민주화 운동), 6월 항쟁(1987년 6월 10일에 4·13 호헌 조치의 철회 및 민주 개헌 쟁취를 목적으로 일어난 민주화 시위) 등 우리나라 주요 민주화 운동을 전부 기념해요. 북한이 우리의 민주화 운동을 반미 투쟁으로 왜곡해서 북한 주민에게 선전하고 있기 때문이지요.

만약에 북한군이 5·18민주화운동을 기념하고 있다는 점을 이유로 5·18민주화운동 때 북한군이 개입했다고 주장하는 거라면, 그 말은 우리나라의 모든 민주화 운동에 북한군이 개입되어 있다고 하는 말과 같은 거예요. 한마디로 말도 안 되는 이야기인 거지요.

계엄군이 5·18민주화운동 당시 작성한 작전 보고서와 전투 보고서에는 광주 시민을 살해했다는 기록이 남아 있어요. 신군부가 시민 학살을 열심히 한 군인들과 상부의 지시 없이 총을 마구 쏜 군인들에게 훈장을 줬다는 사실도 기록되어 있고요. 그래서 국회와 여러 기관에서 이러한 기록들을 철저히 조사했던 거예요. 그 결과, 계엄군의 무차별 연행과 과잉 진압 과정 중에 수많은 사상자가 생겼다는 사실이 밝혀졌어요. 또한 광주역과 전남대, 전남 도청에서 계엄군의 집단 발포, 주남 마을 소형 버스 총격 사건, 통합 병원 진로 개척 작전, 송암동 학살 사건, 전남 도청 재진입 작전 중 무장 시위대에 대한 발포 등도 전부 사실로 밝혀졌어요.

　이런 기록으로 볼 때, 계엄군이 광주 시민을 학살한 행위는 분명하며, 그 죄를 북한군에게 뒤집어씌우려고 했음을 알 수 있지요. 그 당시에 작성했던 모든 기록과 증거 자료는 계엄군이 무고한 시민들을 학살했다는 사실을 뒷받침해 주고 있답니다.

PART 2

우리가 오해하고 있다고요?

최소한의 희생이 있었을 뿐이라고요?

아니에요. 정부에서 발표한 공식 사망자만 해도 165명이에요.

당시 19살이었던 손옥례 양은 계엄군이 쏜 총에 맞아 죽었어요. 왼쪽 엉덩이에 맞은 총알 한 발은 몸을 뚫고 나갔고, 오른쪽 등에 맞은 한 발은 등을 뚫고 나갔어요. 그뿐만이 아니에요. 손 양의 몸은 대검에 여러 번 찔려서 끔찍했어요. 계엄군이 총을 먼저 쏘고 나서 대검으로 찔렀는지 아니면 대검으로 찌르다가 총을 쏘았는지는 알 수 없어요. 중요한 사실은 그들은 19살의 어린 여자를 몇 번에 걸쳐서 칼로 찌르고 총으로 쏠 만큼 잔인했다는 거예요.

18살이었던 박금희 양도 계엄군의 총탄에 숨졌어요. 박 양은 다친 사람들을 위해 기독 병원에서 헌혈하고 집으로 돌아가는 길에 계엄군에게 죽임을 당하고 말았어요. 오른쪽 등에 총알을 맞았고,

허리도 심하게 얻어맞은 듯 시퍼렇게 멍이 든 상태였어요. 당시에 기독 병원에서 간호 감독을 맡았던 분은 그때의 상황에 대해 이렇게 말했어요.

"병실에서 환자를 돌보고 있는데 밖에서 통곡 소리가 들려왔어요. 그러더니 아까 이곳에서 헌혈을 하고 나갔던 금희가 가마니에 덮인 시체로 돌아온 거예요. 피투성이가 되어 있는 금희의 시체를 보면서 울기보다는 전두환은 죽어 마땅하다는 생각을 먼저 했어요."

14살이었던 박기현 군은 계엄군에게 심하게 맞아 죽었어요. 당시에 박 군은 책을 사러 자전거를 타고 가다가 계엄군에게 붙잡혔지요. 박 군이 중학생이라고 살려달라고 외쳤지만, 계엄군은 그 말을 곧이 듣지 않았어요. 폭도 연락병이라며 박 군의 머리와 가슴, 배 등을 잔인하게 계속해서 때렸지요. 결국 박 군은 온 몸에 멍이 들고, 뇌에도 멍이 들어 죽고 말았어요. 박 군의 어머니는 그때의 충격으로 심장병을 얻었답니다.

19살이었던 김경환 군은 곤봉에 맞고, 칼에 찔리고, 총까지 맞아 죽었어요. 여느 때처럼 일하던 가게에 가다가 계엄군에게 붙잡혀 아무 죄 없이 죽었지요. 배에는 대검에 찔린 자국이 세 군데나 있었답니다.

몽둥이로 때리고, 칼로 찌르고, 죽었는지 확인하기 위해 총으로 쏘기까지 했던 계엄군의 잔인함은 이루 말로 다 할 수 없을 정도였어요.

　게다가 그들은 어린아이나 학생, 노인을 가리지 않고 모두 폭도로 몰아 비참하게 죽였어요. 환갑도 훨씬 지난 노인이 곤봉에 두들겨 맞아서 죽기도 했는데, 당시 65살이었던 김명철 할아버지는 온 몸을 심하게 얻어맞고, 머리가 깨져 죽었어요. 4살쯤 된 한 어린아이는 왼쪽 목덜미 뒷부분에 총알이 박혀 죽은 채로 효덕동

뒷산에서 발견되기도 했고요.

　원제 마을 앞 저수지에서 수영을 하고 집에 가던 12살의 방광범 군은 계엄군이 쏜 총에 머리를 맞아 그 자리에서 죽었어요. 마을 앞 선산에서 미끄럼을 타며 친구들과 함께 놀던 11살의 전재

수 군은 계엄군에게 손을 흔들어 주다가 계엄군이 쏜 총에 맞아 죽었어요. 손 흔드는 어린아이의 얼굴을 마주 보며 총을 쏴 버린 거예요. 어떻게 그런 짓을 할 수 있는 걸까요? 끔찍하기 짝이 없지요.

집 안에 있다가 아무런 이유 없이 계엄군에게 끌려 나와 총살 당한 송화동 마을 주민도 있어요. 세 사람이 한꺼번에 죽임을 당했는데, 그 가운데 김승후 군은 18살이었어요.

계엄군의 잔인한 학살 대상에는 아기를 가진 임산부도 예외가 아니었어요. 당시 23살이었던 임산부 최미애 씨는 전남대 앞에서 계엄군이 쏜 총에 머리를 정통으로 맞고 죽었어요. 임신 8개월인 상태로, 두 달 후면 예쁜 아기가 나올 예정이었지요.

그 당시 밖에 나간 남편이 걱정되어 마중 나갔던 최미애 씨는 길가에 서서 남편을 기다리고 있었어요. 그때 가까운 전봇대 뒤에 서 있던 계엄군 중 한 명이 최미애 씨의 머리를 겨냥해 총을 쏘았고, 최미애 씨는 그 자리에서 죽고 만 거예요. 임신 중이라 배가 나와 있고, 임부복을 입어서 아기를 가졌음을 누구나 알 수 있었는데도 총을 쏜 거예요. 불쌍한 배 속의 아기는 세상에 나와 보지도 못하고, 엄마와 함께 죽고 말았답니다.

계엄군의 만행은 이뿐만이 아니에요. 계엄군은 붙잡아 간 사람들에게 갖가지 끔찍한 고문도 했어요. 당시 18살이었던 정창만 군은 그때 계엄군에게 끌려가서 당한 고문으로 6년 동안을 앓다가 죽었답니다.

계엄군은 나이와 성별을 구별하지 않고, 광주 사람을 마구 죽였어요. 정부의 공식 문서에 따르면 5·18민주화운동으로 인해 죽은 전체 사망자 수는 165명이라고 해요. 그중 45명 정도가 19살도 안 되는 나이의 어린 사람들이었지요. 그들은 어린아이, 청소년, 임산부, 장애인, 노인, 여성을 가리지 않았고, 시위에 참여했든 안 했든 마구 죽였던 잔인한 군대였답니다.

우리가 오해하고 있다고요?

폭동이라는 사람들의
말도 일리가 있다고요?

아니에요. 5·18민주화운동을 폭동이라고 주장하는 이들의 말에는 제대로 된 근거가 하나도 없어요.

5·18민주화운동을 꾸준히 왜곡하고 그 가치를 깎아내리려는 사람들 가운데 지 씨라는 사람이 있어요. 지 씨는 2008년 1월에 자신의 인터넷 홈페이지에 '필자는 5·18민주화운동이 김대중이 일으킨 내란 사건이라는 1980년 판결에 동의한다.', '북한의 특수군이 파견돼 조직적인 작전 지휘를 했을 것이라는 심증을 갖게 됐다.'는 등의 글을 올렸어요.

'심증'이라는 말은 '마음에 받는 인상'이지요. 즉 지 씨는 확실한 증거나 근거를 가지고 말한 것이 아니라, '어쩐지 그런 것 같다.'라고 말한 셈이에요.

이렇듯 지 씨가 근거 없는 주장으로 5·18민주화운동을 욕되게 깎아내리자, 화가 난 5·18 관련 단체는 지 씨를 명예 훼손 혐의로 고소했어요. 하지만 지 씨는 2013년 1월에 무죄 판결을 받았어요. 어떻게 그럴 수가 있냐고요? 이 사건에 대한 대법원 판결문을 한 번 볼까요?

5·18민주화운동은 이미 그 발생 배경과 경과, 계엄군과 광주 시민 사이의 교전 사태의 발생 원인, 경과, 그밖에 인명 피해의 발생 원인, 5·18 민주 유공자들의 지위와 그에 대한 보상, 예우 등에 관하여 법적 및 역사적 평가가 확립된 상태여서 이 사건 게시글을 통하여 5·18 민주 유공자나 참가자들에 대한 기존의 사회적 평가가 근본적으로 바뀔 수 있다고 보기에 어려운 점 등에 비추어 보면, 이 사건 게시물의 내용이 5·18 민주 유공자 등 개개인의 명예를 훼손하는 정도에 이르렀다고 볼 수 없고, 달리 위 공소 사실을 유죄로 입증할 충분한 증거가 없다.

말이 좀 어렵지요? 쉽게 얘기하자면 5·18민주화운동이 폭동이며 북한군이 개입했다는 지 씨의 주장은 터무니없지만, 그의 터무니없는 주장으로 5·18민주화운동에 대한 법적, 역사적인 평가 자체가 흔들릴 일은 없다는 말이에요. 지 씨의 주장이 옳아서 무죄 판결을 내린 것이 아니라, 워낙 심한 헛소리라서 별 큰 문제가 아니라는 뜻이랍니다.

5·18 유공자 단체가 명예 훼손으로 지 씨를 고소한 부분에 있어서는 지 씨가 5·18 유공자 단체 회원 중 누군가를 직접적으로 가리킨 바가 없기 때문에 명예 훼손죄로 처벌하기는 어렵다는 뜻이고요.

그러니까 지 씨는 명예 훼손에 대해서만 무죄인 것이지, 그의 주장이 옳아서 무죄가 되었다는 얘기가 결코 아닌 거예요. 5·18 민주화운동이 폭동이라거나 북한군이 개입했단 뜻이 전혀 아니지요.

반면에 2013년 1월 29일의 재판에서는 '김대중 전 대통령이 김일성과 짜고 북한 특수군을 광주로 보내 광주 시민이 학살당했다.'

는 주장을 한 지 씨에게 '김대중 전 대통령에 대한 명예 훼손 혐의'로 유죄 판결을 내렸어요. 재판부는 지 씨가 "김대중 전 대통령이 북한과 모의해 광주 시민 학살을 저지른 사실이 없는데도 믿을 만한 객관적 근거 없이 추측으로 허위 사실을 적시해 김대중의 명예를 크게 손상시켰다."고 밝혔어요. 이번의 경우에는 지 씨가 김대중 전 대통령을 직접 가리켜 터무니없는 소리로 명예를 훼손했기 때문에 유죄 판결을 받게 된 거지요.

우리나라는 헌법으로 표현의 자유를 보장하고 있어요. 하지만 거짓을 널리 알리는 행위는 결코 표현의 자유일 수가 없지요.

그런데 앞서 지 씨가 무죄 판결을 받았던 대법원의 판결에는 흐릿한 부분이 있어요. 지 씨의 주장을 믿는 사람이야 없겠지만, 근거 없는 거짓말로 광주에서 희생당했던 많은 사람을 마구 모욕했는데 아무런 처벌도 받지 않았거든요. 이렇게 무죄 판결을 받으면 앞으로 이와 비슷한 사건들이 또 생겨날 수도 있지 않을까요?

5·18민주화운동은 확고해요. 정부의 각종 기관에서 철저히 조사하여 이미 진상을 밝혔고, 그에 따른 처벌과 보상이 이루어진 사건이지요. 대법원에서도 우리 사회의 상식으로 자리 잡은 사건이라 분명히 말하고 있고요. 지 씨처럼 다른 의도를 가지고 터무니없는 주장을 하는 것은 민주화를 위해 헌신했던 그들을 다시 한 번 죽이는 몹쓸 행동이란 사실을 잊지 말았으면 좋겠어요.

우리가 오해하고 있다고요?

당시 최고 권력자는
최규하 대통령이었다고요?

아니에요. 최규하 대통령은 당시 최고 책임자가 맞지만, 최고 권력자는 아니었어요.

5·18민주화운동 당시에 우리나라의 대통령은 최규하 대통령이 맞아요. 하지만 그에게는 아무런 힘이 없었어요. 모든 권력은 전두환과 노태우를 비롯한 신군부가 쥐고 있었기 때문이에요. 전두환이 사실상 실권을 장악한 상태였기 때문에 최규하 대통령은 이렇다 할 정치적 활동을 할 수가 없었어요.

최규하 대통령은 정부의 주도로 개헌 작업을 벌이려 헌법 개정 심의 위원회를 만들었어요. 하지만 신군부 세력의 생각은 달랐어요. 국회가 열려 정상적으로 정국이 진행되면 자신들이 권력을 잡을 수 없게 되기 때문이었어요.

5월 17일 오후 5시, 전두환과 신군부는 모든 군인의 일치된 의견임을 내세워 최규하 대통령과 국무총리에게 비상계엄 전국 확대, 국회 해산, 비상 기구 설치를 받아들이도록 강요했어요. 하지만 최규하 대통령은 이를 받아들이지 않았지요. 그러자 오후 9시쯤에 수많은 군인이 지켜 서게 한 가운데, 외부와의 연락을 모두 끊고 강제로 국무 회의를 열도록 해서 비상계엄 전국 확대안을 통과시켰어요. 전국으로 계엄령이 선포되어야 신군부의 뜻대로 많은 일을 할 수 있기 때문이었지요.

비상계엄을 확대하기 직전, 전두환과 신군부는 보다 확실하고 빠르게 정권을 장악하기 위해 김대중과 김종필을 비롯한 주요 정치인 26명을 불법으로 붙잡아 가뒀어요. 또한 자신들의 뜻과 맞지 않는 학생들과 정치인, 재야 인사 등 2,699명을 체포하고, 당시 야당 총재였던 김영삼 역시 집에서 나오지 못하도록 하는 등 정치 탄압을 했어요.

그리고 5월 17일 밤 12시가 되자, 비상계엄령을 제주도를 포함한 전국으로 확대시켰어요. 그와 동시에 정치 활동을 금지시켰고, 각 대학교에 휴교령을 내렸으며, 언론 보도에 있어 사전 검열을 강화했어요. 집회 및 시위는 당연히 금지시켰고요.

그뿐만이 아니었어요. 5월 18일 새벽 2시에는 국회도 점령해 버렸어요. 국회는 계엄 해제를 요구할 권리가 있기 때문이었어요. 신군부는 군대로 국회를 막아 국회의원들이 아무 일도 못 하게 해 버렸어요. 또한 국가 보위 비상 대책 위원회를 설치하여 군인이 국 정에 참여할 수 있도록 권한을 부여했어요.

이렇게 전두환이 이끄는 신군부는 모든 권력을 장악하고, 멋대 로 일을 처리했어요. 당시에 국회와 정부가 진행 중에 있었던 개헌 논의도 당연히 중지되었지요.

개헌 논의는 최규하 정권이 계획해 진행 중이었어요. 독재 정치 를 했던 박정희 대통령이 죽고 난 후, 국회와 정부는 독재 정치를 하기에 편하도록 만들어져 있던 당시의 헌법을 고쳐서 민주주의 를 실현하려고 계획 중에 있었지요. 이 개헌은 모든 국민이 제일 바라던 일이었어요. 하지만 신군부가 이를 절대로 내버려 둘 리가 없었지요. 정권을 장악한 신군부의 지시에 따라 개헌 논의는 즉시 중지가 되었답니다.

이렇듯 5월 17일에 비상계엄을 전국으로 확대한 전두환이 이끄 는 신군부는 5월 18일에 미리 계획했던 대로 광주에서 무자비한 탄압과 학살을 시작했어요. 그렇게 5·18민주화운동은 시작된 거 예요.

5·17 비상계엄 확대는 1980년 5월 17일에 전두환과 노태우를 비롯한 신군부가 정권을 장악하려고 벌인 일로, 5·17 쿠데타라고 도 불러요. 신군부가 어지러운 시국을 수습한다는 핑계를 대고 최

규하 대통령의 동의 없이 무력으로 국무 회의를 열어 통과시켰기 때문이에요.

5·17 비상계엄 전국 확대와 함께 광주 진압에 성공해 권력을 완전히 차지한 신군부는 법을 제멋대로 고치고, 많은 사람을 붙잡아 가두었고, 최규하 대통령도 스스로 대통령직에서 내려오도록 만들었답니다.

우리가 오해하고 있다고요?

5·17 쿠데타가 옳은 일이었다고요?

아니에요. 5·17 쿠데타는 신군부가 국민을 무시하고 자신들의 욕심을 채우기 위해 벌인 일이에요.

1979년에 박정희 대통령이 죽고 난 후 길었던 독재 정치가 끝나자, 우리나라 국민은 정말로 민주주의를 열망했어요. 올바른 민주주의를 펼치기 위해 정부와 국회는 법을 옳게 바꾸려 했고, 여러 시민 단체와 사람들 또한 활발히 움직였지요. 하지만 전두환과 신군부는 민주주의를 바라지 않았어요. 민주주의가 자리 잡히면 군인들은 정권을 잡을 수 없기 때문이었어요.

권력을 탐낸 신군부는 우리나라에 민주주의가 실현될 수 없도록 온갖 나쁜 짓을 다 저질렀어요. 그들은 계엄령을 이용했어요. 5·17 비상계엄 확대는 신군부가 힘으로 정권을 차지하려는 계획

가운데 가장 중요한 작전이었어요.

　1980년 5월 17일, 신군부는 비상계엄을 전국으로 확대 조치를 하고 전국에 계엄군을 투입시켰어요. 92개 대학에 계엄군 병력 중 90퍼센트 이상인 22,342명을 배치했어요. 다른 곳에는 2,395명만을 배치했고요. 이는 신군부가 대학생들의 시위를 잠재우기 위해 계엄군을 대학에 집중적으로 배치했음을 보여 주지요.

　그런데 대학생들은 왜 그토록 격렬히 시위를 했을까요? 그것은 우리나라 국민 누구도 신군부가 정권을 잡길 바라지 않았기 때문이었어요. 군대를 이끌고 힘으로 정권을 잡고 대통령이 된다면 그게 무슨 민주주의겠어요. 힘 가진 이들만 살기 좋은 세상이겠지요. 게다가 국민들은 군인이었던 박정희 전 대통령에 의해 이미 독재 정치를 경험했었기 때문에 두 번 다시 그런 세상을 맞고 싶지 않았던 거예요.

신군부가 야욕으로 권력을 차지하려 하자, 당연히 국민들은 거세게 저항을 했어요. 국민이 바라는 바를 무시했으니까요.

그러자 신군부는 5·18민주화운동 때 광주에 계엄군을 투입해 무력을 써서 민주주의를 바라는 수많은 사람이 죽거나 다치게 만들었어요. 그 뒤에도 자신들의 뜻에 반대하는 사람들을 무자비하게 탄압했고요. 대한민국을 자신들이 원하는 세상으로 온통 뜯어 고치려 했지요.

또한 5·17 쿠데타 직후, 전두환과 신군부는 사회 정화를 명분으로 군부대 내에 삼청 교육대를 설치했어요. 사회악을 뿌리 뽑기 위해 문제가 있는 불량배들을 데려다가 강제로라도 착하게 만들겠다는 명분이었어요. 하지만 이곳에 잡혀 들어간 사람들은 불량배들이 다가 아니었어요. 그들은 신군부에 반대하던 운동권 세력이나 각지의 민간인들 또는 죄 없는 억울한 사람들을 마구 잡아다가 훈련을 시켰어요.

훈련의 대부분은 군인도 힘들어하는 통나무 들고 일어서기, 무거운 물건 들고 연병장 뛰기 등으로 만

약 훈련을 거부하면 그 자리에서 구타를 당했지요. 그래서 건강한 몸으로 들어갔다가 불구가 되어서 돌아온 사람도 있고, 견디지 못해 죽어서 시체로 돌아온 사람들도 많았답니다.

그뿐만이 아니었어요. 권력을 쥔 신군부는 헌법을 입맛에 맞게 제멋대로 바꾸었고, 바른 소리를 할 만한 정치인 명단을 만들어 정치에 아예 참여하지 못하도록 몽땅 빼 버렸어요.

민주주의에 맞게 헌법을 고쳐 정당하고 옳은 과정과 선거를 거쳐 새로운 대통령을 뽑길 바랐던 모든 국민의 염원과는 달리, 신군부는 이 모든 일을 힘으로 억눌렀어요. 5·17 비상계엄 확대, 즉 5·17 쿠데타는 신군부가 정권을 쥐려고 벌인 나쁜 짓이랍니다.

우리가 오해하고 있다고요?

사면받은 전두환은 내란죄와 무관하다고요?

아니에요. 전두환은 내란죄가 있지만 사면을 받았을 뿐이에요.

사면은 죄가 없다는 뜻이 아니랍니다. 형벌을 면해 주는 것일 뿐이지요. 내란을 일으켰는데, 어떻게 내란죄와 관련이 없겠어요. 그들의 죄는 무척 크고 명백하답니다. 대법원은 재판을 통해 다음과 같이 판결했어요.

전두환과 노태우는 반란 수괴, 반란 모의 참여, 반란 중요 임무 종사, 불법 진퇴, 지휘관 계엄 지역 수소 이탈, 상관 살해, 상관 살해 미수, 초병 살해, 내란 수괴, 내란 모의 참여, 내란 중요 임무 종사, 내란 목적 살인, 특정 범죄 가중 처벌 등에 관한 법률 위반(뇌물)과 같은 범죄를 저질렀다.

98

어때요? 전두환과 노태우, 신군부가 얼마나 크고 많은 죄를 저질렀는지 알겠지요? 전두환과 노태우를 비롯한 신군부 세력은 국가와 헌법을 뒤엎고, 민주주의를 짓밟으며 광주 시민을 비롯한 많은 사람을 죽였기 때문에 그에 대한 법적인 심판을 받은 거예요. 그래서 대법원의 판결에 따라 추징금과 징역을 선고받고 교도소에 들어가게 된 거지요.

그러다가 1997년 12월 22일에 당시 대통령이었던 김영삼 대통령이 국민 대화합을 이루자며 특별 사면을 하여 구속 2년여 만에 풀려나게 된 거랍니다.

하지만 사면을 통해 풀어주기까지 했음에도 전두환은 추징금의 반도 채 내지를 않았어요. 통장에 29만 원 밖에 없다는 말도 안 되는 소리를 하면서 말이에요. 이렇듯 죗값을 제대로 치르지 않고, 나라의 판결에도 성실히 임하지 않는 전두환을 누가 어떻게 용서할 수 있을까요? 전두환의 태도가 바뀌지 않는 한 국민들의 시선 역시 절대로 바뀌지 않을 거예요.

우리가 오해하고 있다고요?

시민군이 계엄군보다 먼저 총을 쐈다고요?

아니에요. 계엄군이 먼저 시민에게 총을 쐈어요.

5·18민주화운동 때 첫 발포는 계엄군이 먼저 했어요. 1980년 5월 19일 오후 4시 30분쯤, 광주 고등학교 부근에서 계엄군이 처음 총을 쐈지요.

이날 계엄군은 이미 중무장을 하고 장갑차까지 동원한 상태였어요. 전날에도 청각 장애인 김경철 씨를 때려 죽였던 계엄군은 19일에도 잔인한 진압을 계속했어요. 이에 화난 시민들은 계엄군 장갑차를 포위했어요. 그러자 계엄군 장교 한 명이 총을 쐈는데, 이때 고등학생 김영찬 군이 그 총에 맞아 크게 다치게 된 거예요. 이것이 5·18민주화운동의 첫 발포랍니다.

계엄군은 첫 발포 다음 날인 20일에 또 다시 총을 쏴 시민 4명을 더 죽였어요. 계엄군의 총칼 앞에서 시위대는 돌과 화염병 따위를 던지며 싸웠지요. 그러자 5월 21일에 계엄군은 작정을 하고 시민들에게 총을 쏴 댔어요. 이날에는 수십 명의 시민들이 죽었지요. 그래서 제대로 된 무기도 없이 저항하던 시민군은 스스로 목숨을 지키고자 무기를 구하게 된 거예요.

즉 시민군이 총을 쥐기 시작했던 것은 계엄군이 시민들에게 처음 총을 쏜 19일에서 이틀이나 지난 21일부터였답니다.

우리가 오해하고 있다고요?

대부분이 시민군의 총에 맞아 죽었다고요?

아니에요. 계엄군이 쏜 총에 많은 사람이 죽었어요.

계엄군이 쏜 총은 M16이고, 시민군이 쏜 총은 카빈총이에요. M16에 맞아 죽은 사람은 계엄군에게 죽은 셈이고, 카빈총에 맞아 죽은 사람은 시민군에게 죽은 셈이지요.

5·18민주화운동이 끝난 뒤, 계엄군은 5·18 진압 과정에서 죽은 광주 시민 대부분이 카빈총에 맞아 죽었다고 발표했어요.

그렇다면 시민들끼리 서로 총을 쏴 죽였다는 얘기인 걸까요? 당연히 아니지요. 나중에 밝혀진 사망자 검시 자료 원본에는 M16에 맞아 죽은 사람이 카빈총에 죽은 사람보다 훨씬 많다고 적혀 있답니다.

그렇다면 왜 이런 잘못된 발표가 나왔던 걸까요?

첫째로는 신군부가 엉터리 자료를 만들었기 때문이에요. 자신들이 벌인 학살극을 선량한 시민들에게 뒤집어씌우기 위해 한 것이지요.

둘째로는 피해자 보상 문제 때문이에요. 1980년 6월, 신군부는 카빈총에 죽은 사람 수를 늘려서 발표했어요. 그들은 M16에 죽은 사망자는 군에 대항한 폭도이고, 카빈총에 죽은 사람은 피해자라고 주장했어요. 죽은 시민이 폭도로 분류되면 위로금이나 보상금을 받을 수 없었지요. 가족이 죽었는데, 유가족이 위로금조차 받을 수 없다면 얼마나 억울하겠어요. 그래서 당시 주검을 검시한 의사들은 죽은 시민을 되도록 피해자로 분류하려고 했어요.

이런 이유로 신군부는 M16보다 카빈총에 맞아 죽은 사람이 많다고 발표할 수 있었던 거예요. 하지만 1995년에 국방부가 다시 조사하게 되면서 사망자 수에 대한 진실이 밝혀졌어요. 국방부는 1980년의 조사는 잘못되었으며, 사망자 대다수가 M16에 희생되었다고 발표했어요.

광주 지방 검찰청이 작성한 '5·18 관련 사망자 검시 내용'이라는 정부 공식 문서가 있어요. 이 문서에 따르면 사망자 165명 가운데 131명이 총에 맞아 죽었는데, 그중 계엄군이 쏜 M16에 죽은 사람은 96명, 카빈총에 죽은 사람은 26명, 기타 총상으로 인해 죽은 사람이 9명이었다고 해요. 그리고 나머지는 개머리판이나 곤봉

따위에 맞아 죽은 사람 18명, 차에 치여 죽은 사람 12명, 대검이나 칼에 찔려 죽은 사람 4명인 것으로 밝혀졌지요.

결론은 사망자의 대부분이 시민군 총에 죽은 것이 아니라, 계엄군 총에 죽었다는 거예요. 거기에 개머리판이나 곤봉으로 맞아 죽은 사람, 대검에 찔려 죽은 사람까지 합치면 전체 사망자의 70퍼센트쯤이 계엄군에게 살해된 사람들인게 되는 거지요.

게다가 카빈총에 맞아 죽은 것으로 알려진 사람들 중 일부는

기록이 잘못된 것도 있어요. 당시 새마을 지도자였던 37살의 고규석 씨와 상업에 종사했던 35살의 임은택 씨는 광주에서 경운기 부속품과 벽지를 사서 집으로 돌아가던 중에 광주 교도소 부근에서 계엄군의 무차별 사격을 받았어요. 두 사람은 모두 그 자리에서 숨졌지요. 당시에는 카빈총에 맞은 것으로 기록되어 있었는데, 나중에 알고 보니 계엄군이 쏜 M16에 맞아 죽은 거였답니다.

'6·29 민주화 선언'

어떤 의미를 가지고 있나요?

5·18민주화운동을 시작으로 우리나라에서는 본격적으로 민주화 운동이 전개되기 시작했어요. 그 결과 대통령 선거도 직선제로 바뀌게 되는 등 우리나라가 진정한 민주주의를 이룰 수 있게 되었지요. 이러한 5·18민주화운동은 우리나라 뿐만 아니라 세계적으로도 그 영향력과 가치를 인정받고 있답니다.

5·18민주화운동은 어떤 의미를 가지고 있는지,

'PART 3 - 어떤 의미를 가지고 있나요?'를 보며 함께 알아볼까요?

누가, 왜 왜곡하려고 하는 걸까요?

2013년 5월, 광주광역시 홈페이지에는 '5·18민주화운동 역사 왜곡·훼손 사례 신고 센터'가 생겼어요. 그러자 얼마 지나지 않아 1,500여 건에 달하는 신고가 접수됐어요. 그만큼 5·18민주화운동을 누군가가 많이 왜곡하고 훼손하고 있다는 뜻인 거예요.

5·18민주화운동 이후 30여 년이나 지났지만, 5·18민주화운동에 대한 폄하와 왜곡은 갈수록 심해지고 있어요. 특히 일부 방송에서는 '북한군 광주 투입설' 주장을 일방적으로 보도하기도 했지요.

A 방송사는 5·18민주화운동 당시 북한군 한 대대가 광주에 침투했고, 이 북한군이 광주 시청을 점령했던 거라는 어느 출연자의 주장을 다룬 방송을 내보냈어요. 이 출연자는 5·18민주화운동을 '무장 폭동'이라 말하면서, "그들은 시민군이라기보다는 북한에서

내려온 게릴라들이다.", "5·18 광주 사태 자체가 김일성, 김정일에게 드리는 선물이었다."라고 했어요.

왜곡된 보도를 하기는 B 방송사도 마찬가지였어요. B 방송사에서는 5·18 당시에 광주로 남파된 북한군이었다는 탈북자를 출연시켜 북한 특수 부대가 광주 시민군에 섞여 게릴라전을 했다고 주장했어요. 그러나 이 탈북자는 주장만 되풀이할 뿐, 주장을 뒷받침할 아무런 증거나 근거를 대지는 못했어요.

이렇듯 이 두 곳의 방송사에서는 철저한 사전 검증도 없이 아무나 데려와 인터뷰한 내용을 방송으로 그대로 전했어요. 5·18 당시 북한군 개입이 공공연한 사실이라는 등의 역사적 사실과 의미를 왜곡하는 내용을 방송을 통해 계속 내보냈어요. 광주 학살 희생자와 유족의 명예를 훼손할 수 있는 주장을 확실한 증거도 없이 그대로 전했던 거예요.

터무니없는 방송에 다른 언론과 국민은 분노했어요. 그러자 A 방송사는 태도를 바꿔서 북한군 개입 주장을 부인하는 방송을 했어요. 하지만 A 방송사가 사과 방송을 한 건 아니었어요. 자신들이 보도했던 내용을 손바닥 뒤집듯 하면서 마치 자신들의 보도로 북한군 개입설이 사실이 아님으로 확인된 것처럼 꾸몄지요. 잘못된 보도로 5·18민주화운동에 관한 역사적 사실을 제일 먼저 왜곡한 당사자는 자신들이면서 말이에요.

　B 방송사는 방송 통신 심의 위원회의 심의에서 심의 위원이 보도 책임자에게 "북한군 개입을 주장했던 증인이 5·18민주화운동 때 광주에 왔다는데, 근거가 있습니까?"라고 묻자, "그럼 오지 않았다는 근거는 있습니까?"라고 되받았다고 해요.

　근거는 어떤 사실을 주장하는 쪽에서 대야 하는 것이 상식이지요. 자신이 내세우는 주장이 맞다고 큰 소리로 이야기했지만, 뒷받침할 근거는 아무것도 없다고 이야기하는 게 참 무책임해 보이지요? 더구나 많은 사람이 보는 방송인데 말이에요.

　언론인에게는 언론 윤리를 지키겠다는 자세가 정말 중요해요.

프랑스는 2차 대전이 끝난 뒤, 나치에 부역한 언론인을 죄질에 따라 사형에 처하는가 하면, 6개월에서 20년에 걸쳐 언론 활동을 금지하는 형벌을 내렸어요. 그런데 우리나라는 일제강점기 때의 친일 언론인이 해방된 조국에서도 언론인으로 활동했고, 유신 독재 정권에 충성을 다한 '유신 기자'들이 민주화가 된 뒤에도 버젓이 언론인으로 행세하고 있어요. 어쩌면 이렇듯 맺고 끊음이 분명하지 않으니깐 5·18민주화운동에 대한 왜곡이나 훼손이 계속 생겨나는 건지도 몰라요.

방송 통신 심의 위원회는 '5·18민주화운동의 발생 배경과 과정, 유공자들의 지위와 예우 등이 법적·역사적으로 확립된 상황에서 객관적 근거와 사실을 증명할 수 없는 출연자들의 발언 등을 거르지 않고 방송'한 두 프로그램에 방송 심의에 관한 규정에 따라 방송의 공적 책임, 공정성, 객관성, 명예 훼손 금지, 품위 유지 항목을 명백하게 위반했다며 무거운 징계를 내렸어요.

"방송의 파급력을 고려할 때 확실한 근거에 기초한 정확한 사실 전달이 필수임에도 법적·사회적으로 분명한 역사적 사실을 심각하게 왜곡했다."며 "5·18민주화운동의 의미와 희생자 및 참가자에 대한 사회적 평가를 해칠 우려가 크다."고 덧붙였답니다.

5·18민주화운동을 왜곡하고 깎아내리는 것은 이런 방송사뿐만이 아니에요. 어떤 이들은 여러 인터넷 게시판에 5·18민주화운동

을 욕되게 하는 글을 마구 쏟아 내고 있어요.

어떤 보수 성향 인터넷 사이트는 게시판에 국가 기념일로 제정된 5·18민주화운동을 '폭동'으로 멋대로 정하고, 5월 희생자를 '홍어'로 부르기도 했어요. 홍어는 호남 사람을 업신여겨 부르는 나쁜 표현이에요.

이 사이트 회원으로 추정되는 어떤 사람은 고려대 문과대 학생회가 교내에서 개최한 '5·18민주화운동 사진전'에서 여러 가지 물품을 일부러 망가뜨리고, 5·18민주화운동 사진과 설명 위에 '5·18민주화운동은 북한의 조종으로 일어난 폭동이었다.'는 주장을 담은 사진을 붙이기도 했답니다.

한편 각종 포털 사이트의 메인 페이지를 꾸몄던 5·18민주화운동 기념 로고도 언젠가부터 자취를 감췄어요. 이름만 들어도 알 수 있는 유명한 포털 사이트 모두가 5·18민주화운동을 더는 기념하지 않고 있지요. 밸런타인데이처럼 조금이라도 돈을 벌 수 있을 만한 날이면 로고와 함께 메인 페이지를 꾸미던 것과는 사뭇 달랐어요. 이들에게 왜 5·18민주화운동을 기념하지 않았느냐고 물

어봤더니, "사용자에 따라 좋아하고 싫어함이 달라서 ……."라고 말했대요. 5·18민주화운동은 유네스코 세계 기록 유산으로도 등재된 역사적 진실로, 좋다고 기념하고 싫다고 모른 척해도 되는 일이 아닌데 말이에요. 정말 기가 막힌 일이지요?

그런데 도대체 누가 5·18민주화운동을 이렇게 왜곡하고 훼손하려고 애쓰는 걸까요?

5·18민주화운동을 맨 처음 왜곡한 이들은 신군부였어요. 광주에서 일어난 모든 일을 북한이 조작했다고 하고, 유언비어에 속은 폭도들이 저지른 일이라고 했지요. 하지만 이런 주장이 새빨간 거짓말임을 청문회와 우리나라의 여러 기관들이 철저히 조사해 모두 밝혀냈어요. 그리고 범죄자인 전두환, 노태우, 신군부 인사들은 모두 처벌받았지요. 하지만 이렇게 다 밝혀진 역사적 사실을 30여 년이나 지난 지금까지도 여전히 왜곡하려는 이들이 있답니다. 누구냐고요?

전두환을 지지하는 사람들, 신군부 세력과 그들을 따르는 사람들, 뉴라이트와 그들의 주장에 이끌려 들어간 사람들이라고 대체로 볼 수 있어요. 뭉뚱그려서 보수 세력이라고 부르기도 하지요.

대체 왜 5·18민주화운동을 왜곡하고 깎아내리려는 거냐고요? 여러 가지 이유가 있지만, 가장 큰 이유는 바로 그들이 한 일에 대한 정당함을 찾기 위해서예요. 전두환과 노태우, 신군부 세력은 역사 앞에서 끔찍한 죄인들이지요. 권력을 잡으려고 쿠데타를 일으키고, 수많은 죄 없는 사람을 죽였으니까요. 죄를 지은 죄인이니 떳떳하지 못하겠지요? 그래서 그들은 5·18민주화운동을 왜곡해서 떳떳해지려고, 정당해지려고 하는 거예요. 옳은 일을 한 것처럼 저지른 범죄를 꾸미려 드는 것이지요.

이승만에서 박정희, 전두환으로 이어지는 독재 정권을 유지하기 위해 총칼이나 군대의 힘을 사용한 죄, 민주화 운동 때 수많은 사람을 죽인 죄 등을 모두 덮으려는 속셈인 거예요. 그래서 역사를 왜곡하고, 진실을 비틀어 죄에서 벗어나려고 발버둥 치는 거지요.

전두환과 노태우, 신군부가 우리나라를 훔치려고 일으킨 쿠데타도 나라의 혼란을 막기 위해 어쩔 수 없는 일이었다고 반박하면서, 5·18민주화운동도 북한에 뒤집어씌우거나 폭도가 저지른 폭동이라고 우겼어요. 이런 왜곡이 혹여 성공하면 나라를 훔친 살인자인 죄를 감출 수 있을 뿐만 아니라, 북한 불순분자나 폭도가 일으킨 폭동을 진압해 나라를 구한 영웅이 될 수 있다는 사악한 속셈인 거예요.

5·18민주화운동은 보수 세력의 원죄와도 같아요. 그래서 계속해서 이를 왜곡해서 원죄를 씻어 내려 하는 거예요. 이것은 앞으로 정권을 차지하려고 도전할 보수 세력에게 면죄부를 주려는 의도랍니다. 그렇기에 선거철이면 5·18민주화운동에 대한 왜곡 사례

가 더욱 늘어나는 거고요.

　하지만 죄를 왜곡한다고 그 죄가 사라질까요? 5·18민주화운동
이라는 역사가 바뀔까요? 죄를 씻는 방법은 죄를 인정하고, 깊이
반성하는 일이랍니다. 거짓말을 하면 죄가 더 커질 뿐이에요.

　5·18민주화운동을 왜곡하는 일은 그때 죽은 수많은 사람을 또
다시 죽이는 일이에요. 또한 대한민국 국민으로서 크게 자랑스러
워 해야 할 일을 폭동이라며 깎아내리는 일은 누워서 침 뱉기와
같은 바보같은 일인 거고요. 더는 역사를 왜곡하는 일이 없도록
정부도 국민도 관심을 가지고 대응해야 한답니다.

어떤 의미를 가지고 있나요?

왜 교과서마다
내용이 다른 걸까요?

최근에 한 엉터리 교과서가 나와서 시끌시끌했지요. 5·18민주
화운동에 대해 어떻게 제멋대로 써 놨는지 한 번 살펴볼까요?

> [5·18민주화운동]
> 5월 18일, 광주에서는 민주화를 요구하는 대학생의 시위가
> 일어났다. 하지만 진압군이 투입되면서 대규모 시위로 번지
> 게 되었다. 충돌은 유혈화되었고 시위대의 일부가 무장을 하
> 고 도청을 점거하였다.

이 교과서의 내용을 보면 계엄군의 폭력적인 시위 진압, 도청 앞
에서 이루어진 대대적인 발포 등 당시 신군부와 계엄군이 행했던
폭력을 명확하게 밝히지 않았어요. 반면 '시위대의 일부가 무장을

하고 도청을 점거하였다.'고 하여 시위대의 폭력 행사만 도드라지게 나타냈지요. 시위대가 무장을 하고 도청을 점거한 것은 계엄군이 시위대에 대대적인 총격을 가한 이후에 일어난 일이었어요. 그런데 이 교과서의 내용만 읽으면 마치 시위대가 이유 없이 폭동을 일으킨 것처럼 느껴지고 있어요.

엉터리 교과서는 이뿐만이 아니에요. 현재 우리가 배우는 초·중·고등학교 교과서에는 5·18민주화운동에 관한 내용이 무척 부실하게 담겨 있어요.

광주시 교육청에서는 초등학교 5학년 사회 교과서 1종, 중학교 역사2 교과서 9종, 고등학교 한국사 교과서 6종 등 국정·검정 교과서 16종을 찾아봤어요. 그랬더니 16종 모두 5·18민주화운동을 다루고 있기는 하지만, 그중 12종이 1995년에 전두환과 노태우를 포함한 신군부 세력의 일부가 내란죄로 구속된 사실이 빠져 있었어요.

전두환과 노태우, 신군부의 구속은 교과서에 꼭 실어야 하는 내용이에요. 그래야 죄지은 사람은 반드시 벌을 받는다는 사실을 우리가 알 수 있고, 민주주의에서 사회 정의는 결국에는 실현된다는 것을 5·18민주화운동과 같은 역사적인 사건을 통해 배울 수 있게 될 테니 말이에요.

빠져 있는 내용은 이뿐만이 아니에요. 중학교 역사2 교과서와 고등학교 한국사 교과서 등 8종에는 정말로 중요한 '계엄군 발포'에 대한 내용이 빠져 있어요. 당시에 수많은 사람이 억울하게 죽었음을 싣지 않은 교과서도 2종이나 있고요.

또한 5·18민주화운동 당시 신군부가 언론을 통제했다는 내용이 빠진 교과서는 13종, 광주로 향하는 교통을 차단했다는 내용이 빠진 교과서는 11종이나 돼요. 광주 시민들이 '자치공동체'를 형성했다는 사실이 빠진 교과서도 11종이나 되고요. 게다가 검정 교과서인 중학 역사2와 고교 한국사 교과서에는 5·18민주화운동을 서술한 분량이 한 쪽밖에 안 돼요. 달랑 한 쪽으로 5·18민주화운동을 제대로 알릴 수 있을까요?

계엄군 발포와 다수의 사상자 발생, 시민군 등장, 언론 통제와 교통 차단, 시민자치공동체, 전두환과 노태우 구속, 5·18 기록물 유네스코 등재 등 빠진 게 너무나 많지요. 그런데 정작 교과서에 5·18민주화운동과 관련된 글을 넣을 수 있는 분량은 달랑 한 쪽밖에 안 되는 거예요.

그러면 왜 교과서마다 5·18민주화운동의 내용을 다르게 다루는 걸까요? 그 이유는 다양하게 있어요. 우리나라에서 큰 힘을 가진 사람 가운데 몇몇은 5·18민주화운동에 대한 진실이 자세하고 올바르게 전해지길 바라지 않고 있어요. 그리고 몇몇은 그런 큰 힘을 가진 사람들의 눈치를 보고 있고요.

또한 집필자나 출판사의 역사관, 인식 차이가 교과서에 반영되기도 해요. 교과서도 사람이 만드는 책이니까요. 그래서 교과서를 만든 사람들에 따라 내용이 조금씩 달라지는 거예요.

하지만 여러 원인을 떠나서 우리나라 모든 교과서에 5·18민주화운동에 관한 내용이 부실하게 실려 있단 사실은 분명 반성하고 바꾸어야 할 일이랍니다.

어떤 의미를 가지고 있나요?

5·18민주화운동의 평가와 의의

우리 국민들은 5·18민주화운동을 겪으며 민주주의와 인권, 자유의 소중함을 온몸으로 느꼈어요. 부당한 권력에는 저항할 권리가 있다는 민주주의의 기본 원칙을 배웠고, 민주주의는 남이 지켜주는 것이 아니라 우리 스스로 지키고 창조해야 한다는 진리를 깨달았어요. 또한 극도의 불안과 학살의 비참함 속에서도 자치공동체를 이루어 사람다움을 지켜냈지요.

5·18민주화운동은 독재 정권의 부당한 폭력과 인권 침해에 대한 자발적인 평화 운동이었어요. 그래서 우리나라 민주화 운동에 큰 영향을 끼쳤을 뿐만 아니라 세계의 민중, 인권 운동으로서도 큰 가치를 지니고 있답니다. 많은 사람이 5·18민주화운동에 대해 말했는데, 그중 몇몇의 이야기를 들어 볼까요?

김영삼 전 대통령은 전두환은 대통령도 아니
라고 하며, "그 비극을 국민들이 기억해야 합
니다. 전쟁을 하는 것도 아니고, 세상에 인간
으로서 자국민을 그렇게 수백 명을 죽일 수 있
는 겁니까? 5·18민주화운동은 우리 역사에 길이길이 기록돼야 합
니다."라며 강하게 비판했어요.

**김대중 전 대통령**은 5·18민주화운동의 교훈을
'인권 침해에 저항한 인권 정신, 맨손으로 잔
혹한 총칼에 맞섰던 비폭력 정신, 공권력의 공
백 속에서도 질서 의식을 가지고 치안을 지켰
던 시민 정신, 항쟁의 평화적 해결을 위해 부단히 노력했던 평화
정신'이라고 규정하고, '광주의 위대한 정신은 우리만의 자랑이 아
니라 인권과 민주주의라는 인류 보편의 가치를 믿고 숭상하는 전
세계인의 자랑이며 인간 승리의 대서사시'라고 평가했어요.

노무현 전 대통령은 "5·18민주화운동은 역사에 많은 의미를 남
기고 있습니다. 무엇보다 정의는 반드시 승리한다는 것을 확인시
켜 주었습니다. 군부와 언론에 의해 폭도로 매도돼 무참히 짓밟혔
던 그날의 광주는 목숨이 오가는 극한 상황에서도 놀라운 용기와
절제력으로 민주주의 시민상을 보여 주었습니다. 너와 내가 따로
없이 부상자를 치료하고 주먹밥을 나누었습니다. 시민들의 자치로

완벽한 민주 질서를 유지했습니다. 그리고 마지막 순간까지 대화를 위한 노력을 멈추지 않았습니다. 참으로 세계 시민 항쟁의 역사에 유례가 없는 민주 시민의 모범을 남겼습니다."라고 말했어요.

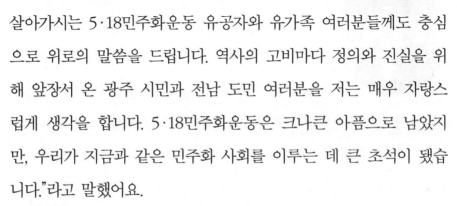

이명박 전 대통령은 28번째 5·18민주화운동 기념사에서 "자유와 민주주의를 지키기 위해서 숨져 간 민주 영령들 앞에 온 국민과 함께 고개 숙여 명복을 빕니다. 그날의 아픔을 안고 살아가시는 5·18민주화운동 유공자와 유가족 여러분들께도 충심으로 위로의 말씀을 드립니다. 역사의 고비마다 정의와 진실을 위해 앞장서 온 광주 시민과 전남 도민 여러분을 저는 매우 자랑스럽게 생각을 합니다. 5·18민주화운동은 크나큰 아픔으로 남았지만, 우리가 지금과 같은 민주화 사회를 이루는 데 큰 초석이 됐습니다."라고 말했어요.

박근혜 전 대통령은 5·18민주화운동을 그린 영화 〈화려한 휴가〉를 관람한 뒤, "5·18은 민주화 운동이고, 민주화를 위한 희생이었습니다."라고 말했어요. 또한 33번째 5·18민주화운동 기념사에서 "민주주의를 위해 희생한 영령께 명복을 빕니다. 33년의 긴 시간이 지난 지금까지 마음의 슬픔을 지우지 못한 유족, 광주 시민 여러분께도 위로의 말씀을 전합니다."라고도 했어요. 덧붙여 "가족을 잃고 벗을 떠나보낸 심정은 어떤 말로도 치유받을 수 없습니다."라며 "영령의 뜻을 받들어 성숙한 민주주의를 만드는 것이 희생에 대해 보답하는 길이라고 생각합니다."라고 말했답니다.

주한 미국 대사였던 캐슬린 스티븐스는 "5·18민주화운동의 민주화 정신은 여러 나라에 표본이 될 수 있습니다."라고 말했어요.

일본 〈요미우리〉 신문 특파원인 마쓰나가 세이 타로는 "5·18민주화운동은 대한민국 민주화의 진전에 크게 이바지했습니다. 80년대 후반에 민주화가 이뤄진 것은 대한민국 국민과 대한민국 지도자들 마음 속에 5·18민주화운동 정신이 자리 잡고 있었기 때문입니다. 또한 5·18민주화운동은 필리핀 마르코스 정권의 붕괴와 중국 천안문 사건에도 영향을 주었습니다."라고 평가했어요.

한홍구 성공회대 교수는 "인류 역사에서 보기 어려운 일이었어요. 정말 놀라운 일이었지요. 무기가 수천 점이 풀렸는데, 강도 사건이 하나도 일어나지 않았어요. 물자가 부족했지만 아무도 매점매석한 사람이 없었고. 그게 바로 대동 세상이죠. 그때를 생각하면 죽어도 여한이 없다는 사람을 만나 본 적이 있어요."라고 어느 강연에서 말했어요.

미국 〈선〉지의 서울 특파원인 블레들리 마틴 볼티모어는 "나는 지난 25년 동안의 기자 생활 중 소련의 아프가니스탄 침공, 중화 인민 공화국의 장칭 등 사인방 재판, 그리고 인도의 인디라 간디 수상 암살 이후 폭동과 살인 사건 등을 취재해 왔습니다. 그러나 그중 '광주'의 참상은 영원히 잊지 못할 것입니다. 어떤 사건이 나의 기억 속에서 가장 뚜렷하게 남아 있느냐고 누가 물어본다면, 나는 한 마디로 '광주'라고 대답합니다."라고 했어요. "목숨을 걸고 폭압에 맞서 투쟁했던 용감한 광주 시민들의 모습이 나의 뇌리 속에서 지워지지 않습니다. 광주야말로 나의 기자로서의 경력 중 가장 감동적인 경험을 제공해 준 곳이었습니다."라고 말했답니다.

조지 카치아피카스 미국 웬트워스 공대 교수는 5·18민주화운동을 '미래 사회에 자유라는 빛을 던져 준 사건'으로, "5·18민주화운동은 독재 정권에서 민주화로 가는 역사의 지렛대였으며, 그 에너지는 전 세계에 강하게 퍼지고 있습니다."라고 했어요.

태국의 시민 운동가이자 인권 운동가인 앙카나 닐라파이지트는 "힘 없는 학생과 시민들의 민주화 운동이 주는 감동은 믿기지 않을 만큼 대단했습니다."라며 '5·18민주화운동과 이후 광주의 인권 운동은 세계적으로 본받을 만한 사례'라고 밝혔지요.

바울 슈나이스 목사는 "광주는 깨어 있는 양심과 열린 눈으로 불의와 폭력에 저항하라는 경고인 동시에 격려이며, 폭력, 전쟁, 죽음에 저항하기 위해 함께 뭉쳤던 새 역사의 출발점이었습니다."라며, "이런 광주에 대한 기억을 잊지 말아야 합니다."라고 강조했어요.

노벨 평화상 수상자인 미얀마의 아웅산 수치 여사는 "1980년의 5·18민주화운동은 아시아 민주주의 발전에 지대한 영향을 끼쳤습니다." 라고 말하며 5·18민주화운동의 정신과 가치를 높이 평가했어요.

김수환 추기경은 '가장 가슴 아팠던 일은 광주의 5월'이라며 고통스러운 마음을 밝혔지요. "가장 고통을 겪었을 때가 그때였습니다. 사태가 그대로 알려지지도 않고, …… 내가 할 수 있는 노력은 다 해 봤지만 먹혀 들어가지도 않고, 많은 사람이 상처를 받았으니까요."라고 안타까운 심정을 드러냈었답니다.

문재인 대통령은 2018년 5·18 기념식에서 눈물을 흘리며 유가족들을 위로했어요. 또한 "헬기 사격을 비롯하여 5·18의 진상을 반드시 밝혀내고, 5·18 역사 왜곡을 막겠으며, 5·18 정신을 헌법 전문에 담겠다."고 말했답니다.

어떤 의미를 가지고 있나요?

5·18민주화운동이 우리 민주주의에 끼친 영향

우리나라 민주주의는 하루아침에 갑자기 완성된 것이 아니에요. 시위와 항쟁 등 여러 사건 속에 많은 사람의 희생을 치르며 조금씩 만들어졌지요.

5·18민주화운동은 신군부에게 진압되었어요. 하지만 이것이 민주주의를 바라는 국민의 의지와 열망을 더욱 뜨겁게 만들었고, 군사 독재 정권의 야만성을 온 세계에 폭로하게 된 계기가 되었어요.

5·18민주화운동 후, 학살 책임자들은 권력을 장악했고, 우두머리인 전두환은 대통령이 되었어요. 항쟁한 사람들이 도리어 폭도로 몰린 암울한 상황에서도 우리 국민은 굴하지 않고 끊임없이 반독재 투쟁에 나섰으며, 마침내 진정한 민주화를 이루어 냈어요. 동시에 5·18민주화운동의 진상을 규명하는 운동도 포기하지 않고 계속했고요.

그렇게 계속된 민주화 운동은 1987년에 이르러 폭발했어요. 1987년 1월에 서울대학교 언어학과 학생회장 박종철 군이 붙잡혀 가서 끔찍한 고문을 받다가 숨지는 사건이 일어났거든요. 그런데 전두환 정권은 이 사건을 축소하고 은폐, 조작했어요. 물 고문과 전기 고문 등을 당하다가 박 군이 숨졌는데, 심장마비로 죽었다고 거짓말을 한 거예요. 그들은 "조사 도중 탁자를 '탁!' 치니 '억!' 하고 죽었다."라며 말도 안 되는 억지 주장을 펼쳤어요. 이 사건은 몇 달 동안 감춰져 있다가 같은 해 5월 18일에 5·18민주화운동을 추도하는 미사에서 김승훈 신부가 진실을 폭로하면서 세상에 알려지게 됐어요. 진실을 알게 된 국민들은 분노로 치를 떨었지요.

때마침 전두환은 4·13 호헌 조치를 발표했어요. '호헌 조치'는 현행 헌법에 따라 권력을 넘긴다는 내용이에요. 국민들은 대통령 간선제였던 당시 헌법을 직선제로 바꾸길 바랐어요. 간선제는 모든 국민이 대통령 선거에 투표하는 것이 아니라, 몇몇 사람만 대통령을 뽑는 제도예요. 권력을 가진 자가 계속 권력을 유지하기에 아주 편한 제도였지요. 그래서 국민들은 직선제를 원했던 거고요. 그런데 전두환은 이런 요구를 무시한 채, 현행 헌법을 유지하고 노태우에게 대통령 자리를 물려주려고 했던 거예요.

하지만 박종철 군 고문 치사 사건과 4·13 호헌 조치로 국민들의 실망과 분노가 극에 달하게 되면서 마침내 6월 민주 항쟁이 일어나게 되었어요. 국민들은 전국 곳곳에서 "호헌 철폐!", "민주 헌법 쟁취!", "독재 타도!"라는 구호를 크게 외쳤어요. 1987년 6월 26일에 열린 국민 평화 대행진에는 100여만 명의 시위대가 나설 정도였지요. 결국 국민의 민주화 요구를 더는 거부할 수 없었던 신군부 세력은 두 손을 들었어요. 그래서 사흘 뒤 6·29 민주화 선언을 발표하게 되었답니다.

6·29 민주화 선언에는 다음과 같은 내용이 담겨 있어요. 이로써 우리나라에 민주주의가 마침내 바로 서게 되었답니다.

- 1988년 2월, 대통령 직선제 개헌을 통한 평화적 정부 이양 보장
- 김대중 사면 복권과 시국 관련 사범의 석방
- 지방 자치 및 교육 자치 시행
- 정당의 건전한 활동의 보장

이렇듯 5·18민주화운동은 우리나라에서 계속 이어져 전개된 민주화 운동의 원동력이 되었고, 군부 독재의 힘을 꺾은 1987년 6월 항쟁의 밑거름이 되었어요. 그리고 전 국민의 염원대로 1995년에는 5·18 특별법을 통해 그 가치를 제대로 인정받게 되었지요.

전직 대통령이었던 전두환과 노태우를 비롯해 신군부 세력들은
내란죄 및 내란 목적 살인죄 등으로 처벌받았고요.

5·18민주화운동이나 6·10 항쟁 같은 민주화 운동에서 피 흘렸
던 많은 사람의 귀한 희생 덕분에 지금 우리가 이렇듯 민주주의를
마음껏 누리며 살 수 있는 것이랍니다.

'6·29 민주화 선언'

어떤 의미를 가지고 있나요?

세계 속의
5·18민주화운동

민주주의는 국민이 주인인 세상이에요. 하지만 지금도 세계 곳곳에는 그렇지 못한 나라가 많이 있어요. 우리나라도 진정한 민주화를 이룬 지는 얼마 되지 않았고요.

우리나라의 경우에는 5·18민주화운동이 우리나라에 민주주의가 뿌리 내리는 데 큰 역할을 했어요. 자유와 인권, 민주주의를 위해 목숨 바치기를 두려워하지 않았던 많은 사람이 있었기 때문에 가능한 일이었지요.

그런데 5·18민주화운동은 우리나라뿐만 아니라 아시아와 전 세계의 민주화에도 크게 이바지하고 있어요.

유엔 유네스코는 5·18민주화운동이 대한민국뿐만 아니라 필리핀, 태국, 중국, 베트남 등 아시아 곳곳에서 일어난 여러 민주화 운동에 영향을 끼쳤다고 평가했어요.

유네스코는 세계 기록 유산 사업 20주년에 맞추어 낸《세계 기록 유산(Memory of the World)》이라는 책에서 '5·18민주화운동은 대한민국의 민주주의와 인권의 전환점이 되었다. 또한 아시아 다른 국가의 민주화에 큰 영향을 끼쳤으며, 냉전 구조를 해체하는 데도 이바지했다.'라고 설명했어요.

또한 **게타츄 엔기다 유네스코 사무부총장**은 국립 5·18 민주 묘지를 참배한 후, "유엔은 5·18민주화운동의 중요성을 깨닫고, 많은 젊은이의 죽음으로 한국뿐만 아니라 전 세계 많은 이가 민주주의와 자유를 누릴 수 있게 된 점에 가치를 두고 있습니다."라고

말했어요. 그리고 "많은 젊은이가 민주주의와 인권을 위해 목숨을 잃었습니다. 모두가 그것을 기억하고 자유를 소중히 여기며 다음 세대에 전해야 합니다. 이것은 유네스코에서 세계 다른 나라들과 나누고 싶어 하는 교훈이기도 합니다."라고 말했어요.

동티모르 독립운동으로 노벨 평화상을 받았던 **카를로스 벨로 주교**는 "광주 시민과 동티모르 인민이 겪었던 비극은 21세기 세계 민주주의 발전을 이루기 위한 중요한 밑거름으로 기억될 것입니다."라고 말했어요.

유럽평화대학 교수인 **요한 갈퉁 교수**는 "지금도 국가 폭력이 가져올 고통을 걱정하고, 개인의 의견이 존중되지 않는 인권 사각지대가 여전히 존재합니다."라고 말하면서 "5·18민주화운동으로 이룬 한국의 민주화는 '인권은 저절로 주어지지 않고 투쟁해 갖는 것'임을 보여 주었습니다."라고 평가했어요.

카치아피스카 교수는 "5·18민주화운동은 1986년부터 필리핀, 대만, 태국, 미얀마 등 동아시아 각국에서 독재 정권을 타도하려는 민중 봉기에 도전을 준 역사적 계기입니다."라고 말했어요.

이렇듯 5·18민주화운동은 필리핀 피플파워, 미얀마 8888 민중 항쟁, 중국 천안문 사건, 태국 민중 항쟁 등 1980년대 아시아 민주화 운동에 큰 영향을 끼쳤답니다. 그리고 이러한 5·18민주화운동의 영향은 과거에 그치는 것이 아니라 지금도 계속되고 있어요.

6만 명이 넘는 스리랑카 실종자 문제를 해결하기 위해 싸우고 있는 스리랑카의 여전사 **자이안티**는 "좀처럼 해결되지 않는 현실에서 그래도 전의를 불태울 수 있는 것은 한국의 5·18민주화운동이라는 좋은 선례가 있기 때문입니다."라고 말했어요.

5·18민주화운동은 전 세계에 위대하고 아름다운 사건으로 기억되고 있어요. 독재 정권에 맞서 싸우고 있는 여러 나라의 민중에게 힘을 주는 귀중한 선례이기도 하고요. 그렇기에 수많은 인권 운동가가 5·18민주화운동을 통해 대한민국의 민주주의를 배우고자 하는 거랍니다.

5·18민주화운동과 그 정신은 세계 여러 나라의 민주화 운동과 인권 보호 및 평화 운동의 굳건한 디딤돌로, 인간된 삶을 위해 나아갈 방향을 알려 주는 나침반으로서 지금도 살아 있답니다.

어떤 의미를 가지고 있나요?

5·18민주화운동, 유네스코 세계 기록 유산이 되다

2011년 5월 25일, 유네스코는 영국 맨체스터에서 5·18민주화운동 기록물을 세계 기록 유산으로 정했어요. 유네스코 세계 기록 유산 국제 자문 위원회의 심의를 거쳐 이루어졌지요.

5·18민주화운동 기록물은 5·18민주화운동의 발발과 진압, 진상 규명과 보상 과정과 관련해 정부, 국회, 시민, 단체 그리고 미국 정부 등에서 만들어 낸 방대한 자료가 담긴 기록물이에요.

5·18민주화운동은 우리나라의 민주화는 물론 필리핀, 태국, 베트남 등 아시아 여러 나라의 민주화 운동에 커다란 영향을 주었어요. 또한 진상 규명 및 피해자 보상도 잘 이루어져서 여러 나라에 좋은 선례가 되었다는 점이 높게 평가받았고요.

그래서 유네스코에서도 5·18민주화운동이 대한민국 민주화에 척추 같은 노릇을 했고, 동아시아 국가들의 냉전 체제를 해체하고,

민주화를 이루는 데 적지 않은 영향을 끼쳤다고 평가하게 된 거지요.

세계의 학자들은 5·18민주화운동을 과거 청산이 가장 잘된 모범으로 평가하고 있어요. 남미나 남아공 등지에서 발생한 국가 폭력과 반인륜적 범죄 행위 등은 아직까지 과거 청산 작업이 제대로 이루어지지 못했지만, 5·18민주화운동은 '진상 규명', '책임자 처벌', '명예 회복', '피해 보상', '기념 사업'이라는 과거 청산을 위한 5대 원칙이 모두 잘 이루어졌기 때문이에요.

세계 기록 유산에 등재된 5·18민주화운동 기록물은 다음과 같이 3종류로 나뉘어요.

첫째, 공공 기관이 만든 문서예요. 여기에는 정부의 행정 문서, 군 사법 기관의 수사·재판 기록 등이 포함되어 있지요. 이것들은 당시 국가 체제의 성격을 드러내는 매우 중요한 자료랍니다. 사건 당시와 그 후 현장 공무원들이 기록한 상황 일지 등의 자료가 있고, 피해자들에 대한 각종 보상 관련 서류도 포함되는데, 이것들을 통해 당시의 피해 상황을 짐작해 볼 수 있기 때문이에요.

둘째, 5·18민주화운동 기간에 관련 단체들이 만든 문건과 개인이 쓴 일기, 기자들이 쓴 취재 수첩 등이에요. 각종 성명서, 선언문, 대자보도 포함되어 있으며, 그중에서도 사진 기자와 외국 특파원이 촬영한 사진들은 외부와 단절된 광주 상황을 생생하게 전해

주고 있답니다. 또한 피해자들의 구술 증언 테이프도 포함되어 있어 더욱 생생하게 알 수 있지요.

셋째, 1980년 5·18민주화운동이 종료된 후 군사 정부 아래에서 진상 규명과 관련자들의 명예 회복을 위해 국회와 법원 등에서 만든 자료와 주한 미국 대사관이 미국 국무부와 국방부 사이에 오고 간 전문이에요. 85만 8,900여 페이지에 이르는 기록 문서철 4,271권, 네거티브 필름 2,017컷, 사진 1,733점, 영상 65개, 1,471명의 증언, 유품 278점, 연구물 411개, 예술 작품 519개 등이에요. 무척 많지요?

이러한 5·18민주화운동 기록물은 주제에 따라 9가지로 구분할 수 있어요.

(1) 국가 기관이 생산한 5·18민주화운동 자료(국가 기록원, 광주광
   역시 소장)

(2) 군사법 기관 재판 자료, 김대중 내란 음모 사건 자료(육군 본부
   소장)

(3) 시민들이 생산한 성명서, 선언문, 취재 수첩, 일기(광주광역시
   소장)

(4) 흑백 필름, 사진(광주광역시, 5·18 기념 재단 소장)

(5) 시민들의 기록과 증언(5·18 기념 재단 소장)

(6) 피해자들의 병원 치료 기록(광주광역시 소장)

(7) 국회의 5·18 광주 민주화 운동 진상 규명 회의록(국회 도서관 소장)

(8) 국가의 피해자 보상 자료(광주광역시 소장)

(9) 미국의 5·18 관련 비밀 해제 문서(미국 국무부, 국방부 소장)

한편 5·18 아카이브 설립 추진 위원회는 5·18민주화운동 관련 기록물의 체계적인 관리와 공공 활용, 세계 각국과의 인권·평화 분야에서의 교류를 활성화시키기 위해 옛 가톨릭 센터에 5·18 기록관을 세우기로 했어요. 우리의 기록을 바로 알리는 소중한 장이 되기를 바라는 마음을 담아 현재 건축 중에 있답니다.

5·18민주화운동 기록물의 유네스코 세계 기록 유산 등재는 자신과 타인의 생명을 지키기 위해 불의한 국가 권력에 끝까지 저항했던 광주 시민의 고귀한 희생 정신과 인권과 민주주의에 대한 확고한 신념을 국제 사회가 인정한 일이에요. 5·18민주화운동에서 나타난 인권, 민주, 평화의 정신을 지구촌 모든 사람과 공유할 수 있기에 큰 의의가 있는 거랍니다.

5·18민주화운동 전개 과정

1980년 5월, 정권을 빼앗으려는 신군부에 의해 시행된 전국 계엄령과 대학 휴교령에 대한 반발로 수많은 대학생과 시민에 의해 시위가 일어나면서 5·18민주화운동은 시작되었어요. 무슨 일이 있었는지 사건이 일어난 순서대로 자세히 알아볼까요?

민주화 운동의 발발

1980년 5월 18일

오전 9:40 5월 14일부터 16일까지 이어진 평화로운 민족 민주화 성회에서 광주 학생과 시민은 약속했어요. 비상계엄이 확대되면 전남 도청 앞 분수대에서 모이자고요. 이 약속을 기억한 전남대학교 학생들이 도서관으로 향하다가 광주에 진을 친 계엄군과 맞닥뜨렸어요.

오전 10:00 학생들은 '계엄을 해제하라!', '휴교령을 철폐하라!'는 구호를 외치며 항의 시위를 계속 벌였어요.

오전 10:15 계엄군들이 곤봉을 휘둘러 시위를 진압했고, 학생들이 피를

흘리며 하나둘 쓰러졌어요.

오전 10:20   학생들은 굴하지 않고, '금남로로 가자!'는 구호와 함께 금남
로로 이동하기 시작했어요.

오후 3:40   계엄군이 등장하여 무자비한 진압 작전을 시작했어요.

오후 7:02   계엄 사령부가 광주의 야간 통행 금지 시간을 밤 9시로 앞당
겼어요.

1980년 5월 19일

오전 3:00   계엄군이 11여단 병력을 광주에 보냈어요. 전날에 계엄군에
게 심하게 얻어맞았던 청각 장애인 김경철 씨가 죽었어요.

오전 9:30   분노한 시민들이 계엄군의 무자비한 탄압에 맞서 임동, 누문
동 파출소에 불을 질렀어요.

오전 10:00   시민들 수가 점점 불어났어요. 금남로에서 시민들이 계엄군
에게 돌을 던지며 저항했어요.

오후 2:40 　조선대학교로 철수했던 계엄군이 다시 투입되면서 무리한 진압 작전을 시작했어요.

오후 4:30 　계림 파출소 근처에서 계엄군의 장갑차가 시민들에게 포위 당하자, 계엄군이 시민들에게 총을 쐈어요. 이때 고등학생 김영찬 군이 크게 다쳤고, 분노한 시민들이 투쟁에 나섰어요.

오후 8:00 　수만 명의 시민들이 '전두환 타도!'를 외치며 시위했어요.

1980년 5월 20일

오전 8:00 　광주 지역 고등학교에 휴교 조치가 내려졌어요. 고등학생들이 학교에 모여 시위에 참가하지 못하도록 휴교령을 내린 거예요.

오전 10:20 　가톨릭 센터 앞에서 계엄군이 붙잡은 시민 남녀 30여 명을 속옷만 입힌 채 심하게 때렸어요.

오후 6:40 　광주 시내 곳곳에서 벌어진 계엄군의 어처구니없는 만행을 직접 보고 겪은 택시 기사들이 200여 대의 택시를 몰아 무등 경기장에서 금남로로 가며, 전조등을 켜고 경적을 울리며

차량 시위를 벌였어요.

오후 8:10 시민들이 금남로, 충장로, 노동청 방면에서 계엄군, 경찰과 대치했어요.

오후 9:05 노동청 쪽에서 시위대 버스가 경찰 저지선으로 돌진하여 경찰 4명이 죽었어요. 시위대 버스를 운전하던 사람은 경찰이 쏜 최루탄이 버스 안에서 터지는 바람에 운전을 제대로 할 수 없었어요.

오후 9:50 시민들은 군부의 과잉 진압 행위를 전혀 보도하지 않는 언론에 거센 항의를 하며 광주 MBC 건물에 불을 냈어요.

오후 11:00 계엄군이 광주역 광장에서 무자비한 진압에 항의하던 시민들에게 총을 마구 쐈어요. 많은 시민이 다치거나 죽었어요.

계엄군의 발포와 무장 봉기

1980년 5월 21일

오전 00:35 노동청 쪽에서 시민 2만여 명이 계엄군과 싸웠어요.

오전 2:18 계엄군이 광주 지역의 시외 전화를 끊어 버렸어요. 광주 시민은 다른 지역에 전화를 걸 수 없었어요.

오전 4:00 시민들이 광주역 광장에서 찾은 시신 2구를 리어카에 싣고 금남로로 왔어요. 이 소식을 들은 시민 수십만 명이 시위에 적극 동참했어요.

오전 4:30 사람이 죽어 나가도 전혀 보도하지 않는 언론에 분노한 시민들이 광주 KBS 건물에 불을 질렀어요.

오전 10:15 실탄을 지급 받은 계엄군이 맨 앞 선으로 배치됐어요.

오후 1:00 도청 스피커에서 애국가가 울려 퍼지면서 계엄군이 시민들에게 사격을 시작했어요.

오후 1:20 계엄군의 집중 사격을 받은 학생들이 계속 쓰러졌어요.

오후 2:35 시민들이 아시아 자동차 공장에서 군용 트럭과 장갑차 수십 대를 끌고 나왔어요.

오후 2:40 시민들이 지원동 탄약고에서 다이너마이트를 구했어요. 하지만 계엄군이 다가오지 못하도록 위협하는 데만 쓰였을 뿐, 폭약은 끝내 터뜨리지 않았어요.

오후 3:48 계엄군이 빌딩 옥상에서 시위대를 향해 조준 사격을 했어요.

오후 4:00 화순, 나주에서 무기를 구한 시위대가 도청 앞에서 시가전을 벌였어요.

오후 5:30 계엄군이 도청에서 조선대학교로 철수했어요.

해방 광주

1980년 5월 22일

오전 9:00   도청 광장과 금남로에 시민들이 모였어요.

오전 10:30   군용 헬기가 하늘을 돌며 '폭도들에게 알린다.'는 내용의 전
단지를 뿌렸어요.

오전 11:25   적십자 병원 의료진과 시위대가 차를 타고 돌아다니며 헌혈
을 호소했어요.

오후 12:00   시민들이 도청 옥상에 검은 리본과 함께 태극기를 반기 계
양했어요.

오후 1:30   시민 수습위 위원회 대표 8명이 상무대 계엄 분소를 방문해
서 7가지 수습안을 전달했어요.

오후 3:08   시위 도중 잡혀간 시민과 학생 800여 명이 석방되어 도청에
도착했어요. 죽은 시민 18명의 시신을 도청 광장에 누인 채
시민 대회를 열었어요.

오후 5:40   도청 광장에 시신 23구가 더 도착했어요.

1980년 5월 23일

오전 8:00   학생과 광주 시민이 스스로 거리 청소에 나섰어요.

오전 10:15   학생 수습 위원회가 특공대를 만들어 총기 회수에 나섰어요.

오전 11:45   시민들이 도청과 광장 주변에 사망자의 명단과 인상착의 벽
보를 붙였어요.

오후 1:00   지원동 주남 마을 앞에서 계엄군이 소형 버스에 무차별 총격
을 가해 승객 18명 중 17명이 죽고, 1명만 살았어요. 죽은 17
명 중에는 크게 다친 사람이 둘 있었는데, 계엄군이 주남 마
을 뒷산으로 끌고 가 기어코 죽였어요. 이곳에 묻혀 있던 시
신은 나중에 동네 주민의 신고로 찾아냈어요.

오후 3:00   시민들이 제1차 민주수호 범시민 궐기대회를 개최했어요.

오후 7:40   석방자 33명이 도청 광장에 도착했어요.

1980년 5월 24일

오후 1:20   계엄군이 원제 마을 저수지에서 수영하던 소년들에게 총을
쐈어요. 중학교 1학년 방광범 군이 왼쪽 머리에 총을 맞고
죽었어요.

오후 2:20   송암동에서 물러나던 계엄군과 잠복해 있던 전교사 부대가

서로를 시민군으로 잘못 알고 총격전을 벌였어요. 같은 편끼리 총을 쏴 댄 거예요. 이후 실수에 대한 화풀이로 근처에 사는 죄 없는 마을 주민을 여럿 죽였어요.

오후 2:50   시민들이 제2차 민주수호 범시민 궐기대회를 개최했어요,

1980년 5월 25일

오전 11:00   김수환 추기경의 메시지와 광주 항쟁 구호 대책비 1천만 원이 시민들에게 전달됐어요.

오후 3:00   시민들이 제3차 민주수호 범시민 궐기대회를 개최했어요.

최후의 항쟁

1980년 5월 26일

오전 5:20   계엄군이 화정동 쪽에서 농촌 진흥원 앞까지 왔어요.

오전 8:00   시민 수습 대책 위원들은 계엄군이 다시 시내로 들어오지 못하도록 막으려고 '죽음의 행진'을 펼쳤어요.

오전 10:00   시민들이 제4차 민주수호 범시민 궐기대회를 개최했어요.

오후 2:00   학생 수습 위원회는 광주 시장에게 생필품 등 8개의 항을 요구했어요.

오후 3:00   시민들이 제5차 민주수호 범시민 궐기대회를 개최했어요.

오후 5:00   학생 수습 위원회 대변인이었던 윤상원이 외신 기자들에게 광주의 끔찍한 상황을 알렸어요.

오후 7:10   시민군은 '계엄군이 오늘 밤 침공할 가능성이 크다.'고 발표하면서 어린 학생들과 여성들을 집으로 귀가시켰어요.

1980년 5월 27일

오전 00:00 계엄군이 광주 지역의 시내 전화마저 일제히 끊었어요.

오전 3:00 탱크를 앞세우고 계엄군이 광주 시내로 들어왔어요. 한 여성의 "계엄군이 쳐들어옵니다. 시민 여러분, 우리를 도와주십시오."라는 애절한 소리가 시내에 울려 퍼졌어요.

오전 4:00 계엄군이 도청 주변을 완전 포위했어요. 금남로에서 시민들과 계엄군이 시가전을 벌였어요.

오전 4:10 계엄군 특공대가 도청 안에 있던 시민들을 무차별로 사격했어요.

오전 5:10 계엄군이 도청을 비롯해 광주 시내 전역을 장악하고 진압 작전을 끝냈어요.

오전 6:00 계엄군이 시민들에게 시내로 나오지 말라고 경고했어요.